献给火村英生的犯罪

[日]有栖川有栖 著

李翔华 译

中国出版集团 现代出版社

目录

长长的影子 / 1

鹦鹉学舌 / 65

四风山庄杀人事件 / 75

杀意和善意的对决 / 127

真假情侣装 / 135

献给火村英生的犯罪 / 143

煞风景的房间 / 193

雷雨庭院 / 213

后记 / 273

文库版的后记 / 277

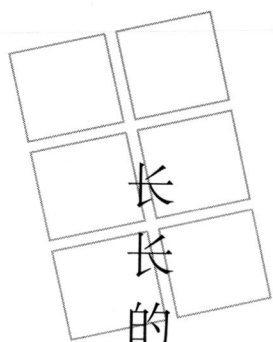

长长的影子

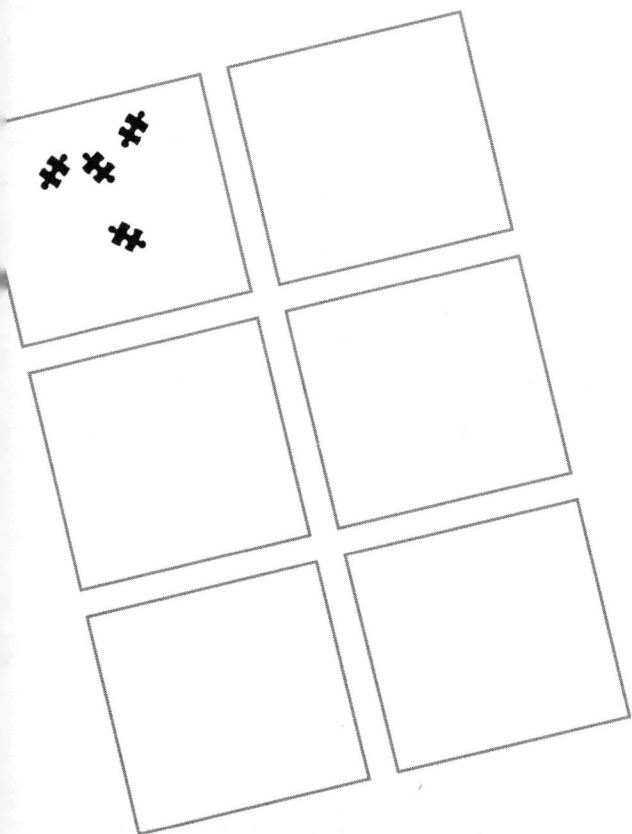

1

今晚的音乐会，管乐器的部分演奏得极为成功，弦乐器的部分则略显单调乏味，这是管弦乐演奏会一直以来的通病。不过，在音乐会的后半场，当乐队演奏了肖斯塔科维奇的作品后，弦乐器得以挽回颓势，演绎出了厚重感。

"真好听啊，演奏会结束以后，我忍不住又去买了CD。"

香澄津津有味地回味着与朋友一起欣赏过的音乐会，棱介时不时地随声附和，表示惊奇——这位对音乐毫无兴趣的丈夫努力装出一副仔细倾听的样子。虽然觉得自己太唠叨而感到有些抱歉，香澄却仍在喋喋不休。棱介寡言少语、个性沉默，假如香澄不开口说话，那么家里就会一片寂静。这对夫妻的分工很明确：妻子负责讲，丈夫负责听。

"听说下次演奏会有门德尔松的作品，要是有兴趣，你也去听听吧？偶尔欣赏一下音乐也蛮好呢，那有便于理解的音乐会曲目说明单。你的腿伤也快好了，可以去听了，对吧？"

这时，丈夫扭头向窗外望去，好像被什么东西吸引住了。

"怎么了？"香澄急忙越过棱介的肩膀向外看去：窗外的正前方是按月收费的停车场，停车场的右边是一家废弃的工厂。

"出什么事了？"

"那边有一个人。"

香澄伸头看向右侧，只见一条道路延伸到了一座蓄水池，蓄水池的旁边是废弃工厂的墙垣。从墙垣一角伸出一条长长的人影，落在柏油路上，随即像被吸走一样消失了。到底是什么人？只差一点儿就能看到了。

"从那边的工厂里出来了一个人。"棱介又说了一次，"这么晚了，他在干什么呢？"

香澄看到的只是从工厂里出来的什么人转弯之后的影子。

"这么晚了。"她瞥了一眼墙上的时钟，已是 11 点 20 分。

"小偷？不可能吧，怎么会？在那种废弃的工厂里能偷到什么呢？"

那是一家轻金属加工厂，大约在一年前被关闭了，不久后，里面的各种设备就全被运走了，要是还剩下什么，顶多也就是一些废弃材料之类的东西吧。就算不了解这些情况，看看已经锈迹斑斑的工厂招牌，还有破碎的窗玻璃，也该知道不会有什么值钱的东西留在工厂里了。那个人竟然连这种事都不明白，悟性该有多差呀？

"是个什么样的人呢？"

"有点儿奇怪。"棱介回过头来，摸着他那细长的下巴说，"我看到那个人鬼鬼祟祟地推开工厂大门，东张西望之后就飞快地溜出去了，好像在玩忍者游戏似的。"

香澄和棱介的家位于堺市和松原市的交界一带，那里属于近郊的野外，太阳落山后就人迹罕至了。

"那不是有点儿奇怪，而是非常可疑吧！难道是年轻人在搞恶作剧吗？"

"不清楚，天太黑了，看不清，只知道是个男的。"

路灯的光线照不到工厂大门的四周，棱介也只能看清性别。

"和小林联系一下吧？为这点儿事去惊动警察，就有些小题大做了。"香澄嘀咕道。

小林是这家工厂从前的老板，住在与香澄家隔着一条街的地方，他和香澄夫妻互相认识，查一下"町内会"黄页就会知道他的电话号码。

"就算要告诉他这件事，也得等到明天。"

"但我还是担心，我可不希望睡着后再出什么麻烦，我还是出去看一下吧。"

"你在说什么傻话，别冒失。我刚想说我出去看看，还是我去吧。"棱介看了看打着石膏的左腿，不太痛快地说。

"我虽然说要出去看一下，可不是真的想去呢。太危险了，就算你的腿没问题也不要去，你去把警察喊来还差不多。"

"不好意思，这么晚打扰您……"无法抑制内心不安的香澄不顾丈夫的劝阻，马上给工厂以前的老板小林打了个电话。不料对方并没有觉得为难，反倒毫不犹豫地行动起来。

"好像慎吾君要来看看，他会有办法的。"

慎吾是小林的儿子，他是父亲的得力助手。工厂关闭后，他去了一家安保公司上班，看上去是个壮实的青年。

夫妻二人站在窗前等待慎吾。十分钟之后，小林慎吾赶到，他拿着手电筒进了工厂大门。"不会出什么事的。"香澄一边这样想着，一边关注着事情的进展。

不会出什么事的。

不会出什么……

十分钟后慎吾两手空空地飞奔出来。他手里的手电筒哪儿去了？

"出什么事了？"香澄大声问。

慎吾跑到窗前大喊："报警！报警！"然后他便向自己家的方向奔去。

2

　　桑原夫妻把我们迎入房间，从这里的窗户向外看曾看到过可疑的人影。这是一间面朝道路南侧的书房，摆放着一张用菲律宾红柳桉树制成的厚重的书桌，但藏书并不多。书桌上的电脑旁摆放着堆积如山的工作文件，像双子星塔一样高耸着。这是一间使用率很高的房间。

　　"您一直在这里工作吧？"

　　面对鲛山警部补的询问，桑原棱介回答："是的。"书桌旁边的墙壁上竖放着一副拐杖。

　　"就算我去不了办公室，只要有电脑，大多数工作都能处理，很方便。何况家里还有我的专属秘书呢。"

　　妻子香澄急忙摇头，表示她可没帮上什么忙。

面对"刑警、犯罪学学者、推理作家"三人组这次非同寻常的来访，夫妻俩露出了紧张的神色。这并不奇怪，换作是我，我也会紧张的。

桑原棱介是一家连锁杂货店的副社长，店址在大阪府。这位年轻的副社长于两星期前在车站台阶上摔倒，扭伤了左脚踝骨，现在打着石膏。他三十六岁，虽然只比我和火村年长两岁，却沉着冷静，所穿的衣服也设计得充满长者气息，说话时的语音低沉而舒缓，用词慎重。他看起来小心谨慎，时而闪过锐利的目光，充满警惕。

妻子香澄坐在旁边的椅子上，看起来是一名大家闺秀，大方而有教养。根据我们的调查，她是连锁杂货店创业者的女儿，棱介是入赘的上门女婿。她穿着合身的镶边罩衫，罩衫的下摆摆动着，看起来很舒服。丰润的脸颊虽然彰显了她迄今为止圆满的人生，但在此刻，也表情僵硬起来。

他们对面的三人分别是："大阪府警搜查一课"干练的鲛山警部补、"英都大学社会学系"副教授火村英生以及火村的朋友——我，推理作家有栖川有栖。鲛山在门口解释说，邀请犯罪学家火村参加此次调查是大阪府警的意思，而作家有栖川此次前来拜访并不是为了采访，而是因为他长期担任火村的助手（实际上也许只是挂名）。

"这次事件有许多疑点，需要听一下这两位老师的意见。当然我们绝不会把调查得到的信息泄露出去。"

这话说得没错，火村是一位天赋异禀的"临床犯罪学家"，只要他一出马，就能比任何人都更快地揭穿事情的真相、直面罪犯。

听说竟有如此人物，夫妻俩都露出了惊讶的神色，但在如眼镜店模特儿一般戴着精致银边眼镜的鲛山那礼貌而细致的解释下，也似乎理解了。

"刑警先生深夜光临，虽然不肯说死者是死于自杀还是他杀，但实际上这是一起杀人案吧？"把我们领进书房后，本应被我们询问的棱介只关心这一点，反复地向我们询问起来。

鲛山不置可否："我只能说有可能是一起杀人案，因为调查才刚刚进行了半天，目前还不能确定是自杀还是他杀。"

尸体发现于昨天晚上，9月12日夜里11点35分左右。接到香澄打来的电话，听到"府上的工厂出现了可疑人物"，前去查看的小林慎吾成了倒霉的尸体发现者。

死者是一名男性，慎吾等人接受调查时都说"不认识这个人"。男子的随身物品仅有臀部裤兜儿里的钱包，内有两万日元，此外没有可证明身份的驾驶证等证件。

棱介不满鲛山的回答，继续反复询问："可是据慎吾君说，死者的手脚都被捆绑住，嘴被胶带封住，脖子被系在房门把手上的绳子吊住，有这么奇怪的自杀吗？"

"缢死有多种形态，不光只有将绳索挂在树枝上或是房屋的横梁上、把脖子伸进去、踢倒脚搭子后悬挂在空中才算是缢死。"

看到鲛山露出不耐烦的神色，在旁边的火村急忙出来解围，在说到人吊在绳子上、悬挂在空中这一段时，他捏起自己系得松垮的领带一端——这位副教授只要不是出席十分郑重的场合，领带向来系得乱七八糟。

"上吊有各种形式,有的是腿着地上吊,有的是坐着上吊,还可以俯卧着上吊。脖颈受到压迫后,动脉血管就会被挤压,这样流向脑部的血流就会受阻,最后大脑呈缺氧状态,人就会死亡。"

我以前听他解释过吊死与窒息死亡两者有何不同,但现在并不是在上法医课,不能很详细地解释这些了。

"我听说过有用门把手上吊的,但俯卧着上吊的,有这样的人吗?"香澄问道。

看起来并不太像学者的副教授摸了一下他那少白头的脑袋,答道:"有哇。"

"这种死法被称为'非常规缢死',我只见过一次这样的死亡现场。那个人把毛巾挂在床沿上,俯卧着上吊。"

"那么,老师,"棱介问道,"就是说,那个人把自己的手脚捆绑住、嘴里塞上毛巾后上吊自杀?"

"不是,那是很罕见的情况,但也并不算很奇怪的死法。要实施'非常规缢死'需要把手脚放在地板上,中途不想死时可以停止。要是事先不想留余地,就把手脚捆绑住、不能再自由活动即可。不过连胶带也用上了,那就很奇怪。"

"要是上吊途中怕自己还有求生欲望,那一开始就把绳子挂在高处不就可以了吗?"

听到香澄天真的询问,棱介皱起了眉头,他是觉得这种说法太轻率了吧。

"现场从地板到天花板有大约三米高的距离,常规上吊是办不到的。"火村挥手打断,"请不要问为什么在这种地方上吊之类的问题，因为现在还没有答案。"

警部补点头表示赞同："火村老师说得对。那我可以问两位一些问题吗？"

"失礼了。"棱介表示歉意，香澄也换了一下坐姿。

"昨天晚上两位都看到了什么，请如实告诉我们。这里面也包括你们看到奇异事件之前和之后的各种事情。"

丈夫开始叙述——

香澄和朋友要去听音乐会，下午 4 点一过，就驾车离开家。因为受伤只好在家里办公的棱介在她外出后使用电脑和电话努力地工作，7 点钟吃了妻子事先准备好的晚饭后，再次回到书房工作。妻子回到家时已接近 11 点，两人闲聊了片刻，11 点 20 分时看到那个奇怪的人影从工厂大门出来。

"刑警先生问的'两位看到了什么'，实际上，准确的说法应该是只有我自己看到了那个男人，我太太看向窗外时，那人已经从墙垣对面消失不见了。"

"我只看到了影子。"香澄强调说，"那人在转弯处，被墙垣对面的路灯照着，留下了一道长长的影子。"

香澄提供的信息别说嫌疑人的体貌特征，连性别都无法判断。鲛山于是只询问棱介。

"你说那个人大概是一名男性，还有其他特征吗？"

"呃……周围太黑了，再加上离得有点儿远，从轮廓上我只能看到那个人的头发……"

靠窗坐着的我欠身看向窗外，从窗户到斜对面的工厂大门之间大约有二十米的距离。

桑原家门前道路上的路灯朝着与工厂相反的方向，灯光无法照射到大门附近。现在，工厂门口设置了黄色警戒线，有穿着制服的警察站岗，防止任何闲杂人员进入，旁边还有一辆警车。

"只凭影子也能判断出那个人的体形吧？是高是矮还是胖，到底是哪种？"

"我没印象了。不是特别高，也不是很矮，不胖也不瘦。"

"衣着方面呢？"

"上衣搭配裤子，是司空见惯的打扮。并没有穿不合季节的奇装异服，他也没有戴帽子。"

"你听到那个人的脚步声了吗？"

"没有。我家的窗户是双层中空玻璃的，听不到外面的脚步声。"

"那男人手里拿着什么东西吗？"

"我没看到他拿着什么大的东西，有可能拿着手提包或者肩上背着包吧，只是……太暗了，我不能肯定他一定就是空着手。"

难道棱介的意思是说，如果那个人手里拿着小物件，他并不能判断清楚吗？

据说那个人影在确认路上没人后，便快步离去。如果这个男人小心谨慎，会发现站在斜对面窗户旁的棱介。男人只关注了有无行人，没有朝窗户的方向看去，也许是注意到了窗户里的灯光，但怕不小心抬起头与谁视线相对。

"夫人看到的影子，是什么样的？"

香澄两手托腮，稍显孩子气。

"我提供不了什么有用的信息，我只看到那道长长的影子一直伸到道路上，不过只有一两秒的工夫。"

无法再获得更多疑似凶手的人影信息了。

此后，夫妻二人给工厂从前的老板打了电话，于是小林慎吾就拿着手电筒赶来了。

到小林慎吾发现尸体、惊慌逃出前为止，一直注视着街上的夫妻二人明确地说在这期间路上一个行人也没有。于是，我们该询问他们的事情也就到此为止了。

"先生们有什么看法？"

被鲛山这么一催，火村于是问道："最近工厂附近有没有什么可疑的情况？比如有没有人窥探那工厂，或者有你们不熟悉的车辆经过那里？"

夫妻二人摇头说没有。

"那么关于这座已经被关闭的工厂，两位都知道些什么？你们听到过纠纷之类的传闻吗？"

夫妻二人的回答仍然是没有。

"那我问一下桑原先生，可疑人物进入工厂时，您并没有看到他吧？"

"是的。只是在他出来的时候，我无意中朝窗外瞥了一眼，于是看到了……"

"昨天晚上，你听到过什么响声吗？"

"没有。"

3

从桑原家告辞后，我们缓步向二十米外的工厂走去，火村希望再去事发现场看一下。

今年的夏天异常炎热，入秋后，秋老虎总算快要结束了，但9月的空气中仍然有一团令人焦躁的热气。

出事的工厂左侧是一个停车场，停着大约十辆车，停车场对面是一栋两层的楼房，现在没有人住。除了桑原夫妻之外，附近的人都没有看到过可疑的人影。

"11点20分这个时间，大体准确吧，和小林先生接到电话的时间也一致。这么说来……"

我接着鲛山的话继续说："这种情况真是很奇妙啊！"

尸检结果推定上吊男子的死亡时间是在昨天晚上10点前后。

如果是他杀，假设棱介看到的人影就是凶手的话，那么他在目的达成之后，继续在现场逗留了大约一个半小时，这是极不正常的情况。犯罪如果发生在民宅等场所，那么警方会认为凶手的作案动机是为了攫取财物，但是案发现场只是一个空荡荡的废弃工厂。

"真是个谜，凶手为什么会在尸体旁逗留了一个半小时呢？"

我竖起食指伸向火村的鼻尖，副教授一脸厌烦地推开，说道："你这家伙要是写推理小说，都会想出些什么歪理呢？"

我想了三秒钟。

"凶手是把被害人控制住以后在他脖子上缠上胶带，然后挂到门把手上把他绞死的吧？被害人做垂死挣扎，试图抵抗，那么他的脚多少能动一动吧？凶手没想到会遇到抵抗，惊慌之下被受害者绊倒，摔倒在水泥地上，头部受到重创，于是昏厥了一个半小时左右。这个解释如何？"

"你的即兴回答就只有这种水平吗？我只能这么评价。"火村一本正经地说道，"你这个假设有点儿不靠谱。尸体的脚踝被凶手用绳子结结实实地捆住，再加上双手反剪被玩具手铐铐住，似乎无法做到把凶手绊倒。"

重新回顾一下案发现场的照片，确实如此。刚才虽然没对桑原夫妻明说，但警察和火村倾向于认为在工厂发生的事件并非自杀，而是他杀。

经常有凶手把受害者绞死后再把死者伪装成自杀的情况。凶手用绳索把受害者勒死后，再把尸体吊在房梁上。即便做了这种掩饰和伪装，但只要通过分析上吊形成的缢沟和被勒死形成的索沟有何不同——也就是套在脖子上的绳子痕迹在两种死法上有何不同，并检查瘀血、尸斑的状态，是极易揭穿凶手的。凶手要想欺骗最先进的法医学调查，就必须伪装得非常巧妙。本次事件中的罪犯虽然非常狡猾，但经过司法解剖后，就会做出他杀的结论。火村和调查员们如此认为。

事发现场的那家工厂的大门不到两米高，可以轻松地攀越过去，再加上窗玻璃都是破碎的，对试图进入里面的人来说宛如不设防。即使里面没有值得偷盗的东西，工厂的管理者也还是过于粗心大意了，可能是他觉得此前没有小孩子进去搞恶作剧，就不用管理了吧？

我们向敬礼的执勤警察还礼后，跨过黄色警戒带，进入废弃的工厂。也许是工厂的白铁皮屋顶被太阳炙烤的缘故，感觉就像进入了桑拿浴室一样憋闷。火村轻皱眉头，把白色夹克衫的袖口挽起。

空旷的工厂面积很大，可以装下一个篮球场。这里真是空荡荡的，只有露出钢筋的屋梁上挂着一个写有"安全第一"字样的牌子。尸体吊在入口右手边一间办公室的门把手上。

"地上的标记是用来记录尸体原始体位的标识吧？"我指着那里向警部补问道。

"是的。地上的标识显示出死者死去时的体位是两腿伸直，方形图案则是遗体臀部下垫着的毛毯的标识。"

毛毯因为受害人死后尿失禁而被弄脏了。这可以理解为想要自杀的人为了让自己死得体面些，而在身下垫了一条毛毯。不过，这也可能是凶手搞的伪装。

"左侧那个小的圆形标记是什么？"

"刚才的现场照片里应该也有这个圆形标记……"不过当时我看漏了，没有注意到。

"那是空啤酒罐滚动的痕迹，啤酒罐上有死者的指纹。"

"看来死者是想在自杀之前再喝最后一杯吧。假设是凶手所为，我们可以理解为凶手为了削弱被害人的抵抗能力，先设法把他灌醉，所以劝他喝酒……"

现在这两种假设无论哪一种都很难确定。

"说起现场照片……"火村凝视着黄铜材质的门把手说，"有一个地方值得我们注意，死者臀部和地板之间，只相距五厘米。如果是上吊自杀，那么用的绳索也太长了。"

"我也这样认为。不过死者可能是初次自杀，所以没能调节好绳索的长度。"

"或许是初次杀人的凶手不能很好地调节绳索的长度呢？"

我这样插了一句后，警部补点头称："有这个可能。"

我们正议论着，森下一路小跑着赶来了。这是一位经常穿着乔治阿玛尼套装的年轻小伙子，干劲儿十足。他生有一副杰尼斯①风格的面庞，被公认为大阪府警中最帅的警察。我再说个有关他

---

① 杰尼斯 (Johnnys) 事务所，成立于 1975 年，是日本一所著名艺人经纪公司，长期致力于推出帅气男艺人及男性偶像团体，如：木村拓哉、泷泽秀明、山下智久、龟梨和也、赤西仁等美男子均由杰尼斯事务所推出。

的逸事：因为他的名字叫惠一，所以警察前辈们常取笑他说："快点儿当上刑警吧，惠一。"[①]

他对我和火村只简单地打了声招呼"啊，你们好"，就打开记事本，兴奋地开始汇报——从巡逻车的无线通信里他收到了新情报。

"这下搞清楚了，死者叫川又进一，今年三十六岁。四年前因为涉及一起小型伤害事件留下了指纹，因此查明了他的身份。警方已经和他居住在伊丹市内的父母取得了联系，目前还不清楚他的住所以及职业。"

从照片上看，川又进一的衣着打扮非常普通，绝不是一个过着富裕生活的人，他极有可能居无定所，没有工作。

"据他父母所说，川又进一年轻的时候什么工作都干不长，经常游手好闲。从大阪市内的一所大学退学后，有半年没找到工作。他爱赌钱，一没钱就向家里借。但是他的父母也不了解他的近况，只是说像他那样的孩子是绝不会自杀的。"

"他爸妈是在间接地告诉我们他是被杀的吧？那起小型伤害事件到底是怎么回事？"警部补粗声地向森下问道，与对我和火村说话时使用的语气截然不同。

森下口齿伶俐地回答："是喝酒时打架闹事，不是什么大事。四年前，他因为一件小事在酒馆与邻座的客人争吵，并用拳头打了对方。对方被打掉了两颗门牙。案子被移交到检察院，但是没有被起诉，他只有这一个前科。"

---

① 日语"刑警"一词的汉字是"刑事"，读音与"惠一"类似。

"四年前他在酒馆打架？我不认为那和这次的事件之间会有什么关联。"

"他和工厂老板小林有什么关系吗？"我问道。

无论是自杀还是他杀，一定有什么原因才让工厂成为案发现场。

"我们有必要询问一下小林，看看能不能找到一些关于川又进一的线索，对吧？"鲛山一边自言自语，一边抬起头来说，"喂，森下，你不是说搞清楚了吗？还有什么其他信息？"

"解剖结果已经递交总部，死者服用了安眠药。"

"安眠药？不是他自己要吃的，而是被强制吃下去的吧？"

没错。上吊自杀前，死者为和今生诀别而喝酒并不奇怪，但是吃安眠药却不合理，看来这次事件还是一起杀人事件。凶手用手铐和绳索控制住被害人之前，先下药让他睡着。而且，凶手实施犯罪时需要各种必备物品。种种迹象表明，这是一起计划缜密的杀人事件。

"这个凶手真白痴。"鲛山喃喃自语。

"凶手大费周章地掩饰现场，把死者伪装成上吊自杀。但是杀人前让被害人吃安眠药的话，一切准备不都白费了吗？如果司法解剖检测出安眠药的话，警方就马上会判断出凶手是先让被害人睡着，然后把他捆绑后吊死的。"

"有栖川先生说得对，凶手计划周密，却在关键地方办了蠢事。"森下赞同我的看法。

火村用食指在嘴唇上划来划去，沉默不语。他是在沉思吗？

"火村老师，可以出去了吗？这里跟桑拿浴室一样啊！"

鲛山哀求般地对副教授说。他肯放低姿态像管家一样对待火村，是很少见的。也许他是怕热。

我们走出了"桑拿室"，来到户外。怡人的风吹来，鲛山一副放松的表情。

这时，从对面走来一个熟悉的身影，那是茅野刑警。他和辖区警署里的其他刑警搭档，正在四处打探消息、寻找线索。他和森下的类型不同，是刑警小组里最强悍的硬汉。只见他不慌不忙地扇着扇子，迈着外八字步悠然踱来，仿佛是从黑泽明的电影《野良犬》里走出来的人物。看到鲛山后，他打了个招呼："主任。"

"我听说了一件怪事，是关于那个溜走的男人的下落。啊，太热了，9月都快过去一半了，今天气温怎么还是三十摄氏度？"

他在我们面前站住后，开始讲述那件怪事。

"住在工厂斜对面的桑原看到可疑人物是在晚上11点20分，那人拐弯后向北走了。根据我在四周打探的结果，有位太太说她丈夫是在这个时间段下班回的家。于是我给她丈夫打了个电话……"

据她丈夫说，他在11点20分前后路过工厂门前，这段时间里并没有与其他人擦肩而过，也没有在走路时超越过谁。

"可疑人物会不会是走在那位丈夫的身后？"

我刚一插嘴，茅野就挥着扇子否定道："不不。因为最近不大太平，所以他在走夜路时，经常观察前后有没有奇怪的人或者脚步声，已经变得神经质了。昨天晚上他也是一边走一边时不时地回头看，没有看到任何人。那位丈夫很肯定地说，他路过工厂门前是在 11 点 20 分左右。由于担心错过 11 点半的电视节目，他走路时看了好几次手表，因此他的话好像是可靠的。目击者却做证说可疑人物是在 11 点 20 分走出大门的，这个说法没问题吗？"

"桑原夫妇是这样断言的。"鲛山回答。

"这就出现矛盾了。不知道是哪一个人搞错了。如果大家的说法都对的话，那可疑人物在拐弯之后就像烟雾一样消失了。"

"我想亲自去问问那位丈夫。"

"他说今天可以早点儿回家，我们已经约好在晚上 7 点去询问他。到时候我去。"

茅野真是考虑周到。

"好，那就拜托了。话说回来，警部还回调查本部吗？"鲛山回过头来向森下问道，船曳警部的身影已经不见了。

"警部在获得川又进一的身份信息后非常兴奋，急忙去见他的父母了。"

"'海怪'老大亲自去吗？为什么？"

直到黄昏时分，警部亲口告诉我们他之所以亲自前去的理由之前，我们都不明白他为什么要这样做。

4

调查总部位于大道筋和大小路 [①] 交叉地带的堺北警署。我们一走进警署的办公室，背靠窗户坐着的船曳警部便连忙起身。"海怪"这个绰号源自他锃亮的光头，以及他那大腹便便的肚子上两道像拱门一样的裤子背带。[②]

"我是大约二十分钟之前回来的。你们辛苦了，到这边的椅子上来坐吧。"

---

① 大道筋、大小路均为大阪街道名。

② 日本漫画家北条司的"漫画城市猎人"系列中有一位人物有着锃亮的光头，以及大腹便便的肚子，还穿着吊带裤，绰号叫"海怪"。船曳警部由于也有上述特征，因此被称为"海怪"。

大家坐成一排，外面的暮色渐深，可以听到阪堺线的路面电车经过时发出的声响。

"这是空啤酒罐上留下的指纹，是在案发现场采集到的。死者的掌纹也清楚地印在了上面。顺带提一下，死者看起来是惯用右手的。"

警部从文件堆里拿出一份拷贝文件递给我们，火村只看了一眼就明白了其中的含义。

"右手比左手灵活的人当然是用右手拿啤酒罐的，这有什么奇怪的吗？"

火村听我这样问道，不屑地"哼"了一声。

"惯用右手的人喝啤酒时，首先要用左手拿起啤酒罐，然后用右手去拉起罐子上的拉环吧？"

"啊，是这样……"

只要川又的拇指没受伤，就可以用右手去拉罐子的拉环，所以啤酒罐上应该留下他左手的指纹和掌纹。实际情况却不是这样，那么一定是其他人把啤酒罐打开后递给了川又。

这又不是塑料瓶装的乌龙茶，而是罐装啤酒，一旦打开，就要立即饮用。也就是说，在现场除了川又，还有其他人。或者是在其他地方，那个人让川又喝下啤酒，然后用安眠药让他睡着后把他运到了案发现场。无论是哪种情况，那个人肯定进入了现场。

"看来还是杀人事件，从残留在啤酒罐内的微量啤酒里也检测出了药物的成分。您知不知道警方如何称呼这次事件？"

调查总部的门前挂着写有"伪装缢死案调查总部"字样的牌

子，"伪装缢死"是警方对本次事件的定性。

"综合所有情况来分析，肯定不会是自杀。从现在开始，我们可以毫不犹豫地把川又进一称作被害人。必须仔细调查一下他的现在和过去，从中找出破案的线索。"

除了四年前的那起没有被起诉的伤害事件之外，川又并没有其他前科。火村想了一下，觉得这有些不对劲儿。

"关于被害人的情况，您知道些什么吗？"

嘴唇弯曲成八字形的警部点了点头。

"大约十六年前，我还在城东署刑事课的时候，见过川又，当时我在调查一起抢劫杀人案。"

"这么久的事了，您还记得相关案件里的人啊？只听到名字马上就能想起来，真不愧是刑警啊。"我敬佩地说。

警部马上否认说："过奖了，有栖川先生。这完全是巧合。我的朋友中也有一个人叫川又进一，和他名字一样，所以就记住了。如果不是这样，就算是印象再深刻的案件，不会连人名都能记住……"

"怎么个印象深刻法？"鲛山问道，看来他也不清楚十六年前的那个案子。

"鲛山，你犯什么糊涂，你不记得了吗？当时在畋野^①发生过一起七十六岁独居老人的遇害案。"

"是那个像迷魂阵一样、让人如堕五里雾中的事件吗？"

---

① 大阪市城东区的一处地名。

24

"是呀，是呀。"船曳露出不满的神情，"独居老妇人遇害案在去年时效到期了。去年5月前后，记者们在警察总部转来转去地说时效马上就要到期了。哎呀哎呀，这些人真是烦死人。"他一边说着，一边用手敲着办公桌上堆积如山的文件夹，这些文件夹都是从资料库里拿出来的。

那起事件发生于1991年5月13日，在城东区畋野有一位名叫薮田滨子的老太太，她是靠着死去丈夫的遗产放债为生的。她的住宅遭到强盗入室抢劫。歹徒用刀把她刺死后，抢了她家里的财物逃走。由于被害人身亡，警方并不清楚歹徒到底抢走了多少财物。但可以肯定抢到的钱其实并不多，因为薮田滨子藏在床下的保险柜里还放着数百万日元。由于她隐藏得非常巧妙，歹徒好像没能发现。从遗体的面部被人用毛巾蒙住这一点来看，极有可能是熟人作案。

"我们推测是住在她家附近的人干的，这个人欠了被害人的钱，正苦于手头紧的时候，得知她有一笔财产。当时我还是辖区内的一个新手，从总部来的经验老到的刑警正在严格训练我呢。先不说这些了。当时调查遇到了困难。被害人放债时比较讲良心，客户们的素质也较好，没有发现他们之间有什么纠纷。所以警方就开始调查住在她家附近的品行不端的人，终于发现了嫌疑人。"

那个人就是川又进一。

"他有大学学籍，但是很少去学校，平时住在廉价公寓里。那时我的辖区内常发生入室盗窃案，陆续有人提供线索，说看到与川又很像的男人们从现场逃走，不过证词内容大都模糊不清，警方的侦查只能停留在调查取证阶段。这时出了一起抢劫杀人案，嫌犯从卫生间的窗户进入房间的路线以及目标选择方式都酷似那几起入室抢劫案。我们分析后认为，也许那些家伙正在偷东西时被发现了，于是凶相毕露了。"

火村打断了船曳警部的话。

"刚才在提到入室盗窃案的嫌疑人时，您用的词是'男人们'以及'那些家伙'，是吧？"

"对，我是这样说了。当时，川又和他的一个朋友住在一起。那个朋友叫金泽素之，是川又在大学里认识的。可能是和这个家伙一起干的坏事吧。"

"我可以看一下吗？"火村拿起资料，一边翻看，一边继续询问，"警方怀疑川又和金泽的理由是什么？"

"金泽曾经出入过薮田滨子的家。他在送餐公司打过工，在送外卖时认识了被害人。他在接受警方调查时曾经说，薮田滨子觉得他长得和自己死去的丈夫年轻时的样子很像，所以很喜欢他，经常请他喝茶，或者送些小点心给他吃。不过薮田滨子并没有给过他零花钱，或者把一些数额小的钱借给他。他说的是否属实，只有他自己才知道。我们推测，他一定是在和被害人接触的过程中，得知她家里有一笔巨款。"

金泽在知道了这个信息之后，就让自己的朋友川又入室盗窃，或者是川又听说了这个信息之后去怂恿他。到底是谁怂恿谁，就由警察去判断吧。

"他们是在白天作案，时间是下午 1 点到 3 点之间，是在被害人外出之后实施的吧？"

"那天，被害人本来计划要去京都的朋友家玩。可是要去的前一天晚上，朋友打电话通知说明天有事，所以被害人就决定改去梅田购物。她回家的时候正好与入室盗窃的歹徒不期而遇，于是遇害……情况就是这样。我现在重新读这些资料，以前模糊的记忆又鲜活起来，那时候的我就像现在的森下一样，意气风发。"

那也是船曳警部头发还茂密的时候吧。

"金泽知道那天被害人要去京都吗？"

"案发前一天他们见了面，因此从薮田滨子的口中得到这个消息也并不奇怪。而且从入室盗窃发展到抢劫杀人，凶手和被害人认识的可能性极大。如果不是这样，凶手用不着去杀死那位七十六岁的老妇人吧。"

"像疯狗一样的疯子也是有的。"火村不以为然地说。他的声音冷冷的，像是在嘲笑"这世上并没有天生的坏人"这种看法。

"话虽如此……"副教授不为所动，继续说下去，"虽然警方调查了金泽和川又，但是证据不足，没法逮捕他们，对吧？"

"很遗憾，警方没有掌握关键性的证据，他们坚持说事发时他们正在南街①一带转悠，并一家又一家地到各个游戏中心玩乐。他们说的这种情况警方无法调查，虽然觉得他们是在撒谎，却无法提出反证，因为没有物证和人证。警方暂时监控了一下他们的动向，但他们连一丝马脚也没有露出来。那次事件之后，频繁发

---

① 大阪府大阪市中央区和浪速区一带繁华商业街的总称。

生的入室盗窃虽然戛然而止，但事件的真相仍未水落石出。"

船曳说到这里，流露出一副不甘心的神情。

火村默默地读着资料，于是就改由我来提问："入室盗窃案中，既然有目击者看到嫌疑人逃走，那么警方没有让目击者和川又当面对质吗？"

"有哇。但是没有什么用。目击者看到的是那两个人戴着头套的样子。"

等一下，好像哪里不对劲儿……

"假如入室盗窃中的犯人真的是川又和金泽，而且他们戴着头套反复作案，那么他们在潜入数田滨子的家时应该也是这副打扮。他们和被害人不期而遇时，被害人应该看不到他们的面部，那么他们没有必要杀死她吧？"

"就算他们把自己的面部给遮住了，但是被害人从他们的体形和动作也可以判断出来是谁。这种可能性是非常大的。"

确实如此，我能理解了。

"船曳先生认为川又进一是那次抢劫杀人案的凶手。那么，和这次的事件之间会有什么关联呢？"

"两者到底有没有关联，现在还不能轻易下结论。只是再次看到川又这个令我印象深刻的名字，不禁感到很吃惊。"

"嗯，那么您去见他的父母，是因为对十六年前的那次事件有兴趣才去的吧？"

"不是，不是这样的。现在我忙得焦头烂额，哪有时间为时效已经过期的案子出差，我是为了弄清楚他被杀的内幕，想去听听他的父母都会说些什么。"

"比如他的人际关系之类的？"

"当然，这个也包含在内。"

"船曳先生应该对金泽素之这个人有印象。"

"我曾想金泽和川又至今也有来往吧？我很有兴趣知道十六年前在抢劫杀人之后，他们是形成了命运共同体、继续密切接触呢，还是彻底断了联系？我一直深信抢劫杀人就是他们干的。"

"没有什么流言说他们就是凶手吗？"

"有哇，警察每天去他们那里，周围立刻就传开了，我们倒不是故意这样做的。金泽抗议说'求求你们，不要给我添麻烦了'。不过流言也只是暂时的，不久就平息了。他们一起从大学退学，并搬了家。"

"这之后呢？还有他们的什么消息？"

"警方短期关注了一阵子他们的动向，但毕竟不能一直关注下去。川又进一为找工作去了东京。金泽素之自称要长长见识，便去了美国，之后就音讯全无了。"

"金泽现在在美国吗？"

"去了一年半左右就回来了。刚才我听川又的父母说，金泽和川又继续联系了一阵子，这个'一阵子'指五六年，之后两个人就断了联系。"

"川又的父母很熟悉儿子的情况嘛。"

"川又进一有段时期经常换工作，手里的钱一花光就回家待一阵子，所以父母对他的情况也有一定了解。可是他四年前离家外出后，只是到了年终岁尾才打个电话回家。所以他的父母不清楚他这几年到底在做什么。电话有时从东京打来，有时从名古屋打来，他就像在风中飘零一样，总之居无定所。"

听到这里，火村吹起了口哨儿，那是鲍勃·迪伦的歌曲《风中飘零》。

接着火村说："警部非常关注金泽吧？很想找到他吧？"

"我们已经找到他了。"

火村喜出望外，急忙合上资料说："啊，太好了，真快啊！"

"因为他不是逃亡者嘛。"警部发出一声嘲讽似的嗤笑，"他现在在大阪，这位曾被怀疑是杀人犯的品行不端的学生，如今是一家食品公司的社长了。"

时光过去了十六年，人也会发生变化的。

"火村老师有没有对金泽素之这个人产生兴趣？"

"有必要去见见他，因为他和被杀的川又进一关系密切。"

"那我们马上出发吧，我带您去见金泽社长。"

"啊？"鲛山一脸惊讶，他没想到船曳警部又要出去吧。

"今天的调查会议很晚才会开，我让茅野在夜里11点20分前后到现场去调查一下，看看在这个时间段里都能看到些什么。他回来后就到半夜了，等那时再开个会。通知一下课长，让他也来参加。鲛山，你看一下这个资料。大家给我打起精神加油干！"

说完，船曳警部拨弄了一下他大肚子上的背带，发出"啪"的声响。

5

　　船曳警部亲自驾车带我们去大阪，沿着阪神高速公路的堺线路段向北驶去。精神亢奋的警部一边以接近限速的速度驾车飞驰，一边对我们说："在老师们去访问前，森下传来消息说，他听到了一件让人很感兴趣的事。"

　　"警部开得太快了吧？"我感到不安。

　　火村却镇定地问："是什么事？"

　　"案发前一天，也就是前天晚上11点刚过，有人在现场附近看到了一个陌生男子。目击者当时正开车去接在外游玩的女儿，途中经过那家工厂的大门时，车子从一个穿着黑色外衣的陌生人身边驶过。当时，那个陌生男子正自西向东步行，在车辆靠近时马上用手挡住自己的脸。目击者以为是车头大灯的亮光太晃眼的缘故，但是觉得没必要把脸也给挡住啊，实在是太夸张了。"

前天晚上的那个人是自西向东走，那么与事件当晚的嫌疑人是同一方向。

"除了穿着黑色外衣以外，还看到他有什么其他特征吗？"

"目击者说由于自己快速开车驶过，对那个人的高矮胖瘦等情况一概没有留下印象。不过我们不能忽视他提供的这条信息。警方在附近没有找到这个黑衣人，也没有人承认那个人就是自己。仿佛那个黑衣人是为第二天的事去预先勘察似的。"

这可能是一条重要的线索。

顺便提一下，当森下去问桑原棱介有没有看到过这个黑衣人时，桑原回答说："我没有一直都在看着窗外啊。"

在信浓桥出口下了高速公路后，汽车驶向新町方向。金泽素之的公司总部不久前搬进了一栋新建的大楼，他的办公室在二楼。他与在美国时认识的朋友一起合伙做事业，从美国进口冷冻食品，然后批发给餐饮连锁店……去美国是一场改变了他人生的旅行吗？

我们来到二楼，推开一扇写有"株式会社金泽得利卡"字样的门，坐在电脑前的公司职员们扭头注视着我们。虽然已经快到傍晚7点了，但是几乎所有的座位上都坐着人。

"是船曳先生吗？请到旁边的房间来谈吧。"

一位娃娃脸的男子站了起来，他的嘴唇上蓄着虚张声势的胡须。与我们的预想不同，他看起来完全没有粗野之色，反倒显得温文尔雅。

娃娃脸蓄须男子的厚嘴唇上浮现出笑意，向我们走来，然后把我们统统都请进了旁边的会客室。他是不想让公司职员们看到我们这些不速之客吧。待倒茶的女职员离开后，他迫不及待地开口说："川又的事太令人震惊了，死得真是太不寻常了。我听说他好像是被杀的，现在我的脑海里一片空白。"

"脑海里一片空白"这句短语什么时候变得这么普及了？最近，我几乎每天都能听到这句话，与"感动得起鸡皮疙瘩"这句话并列当今日本最老套俗气的用语。

船曳沉默了片刻，可能他心中正琢磨呢："看到我的脸孔，听到我的名字，你真的什么也想不起来了吗？"金泽虽然与警部面对面坐着，却无丝毫不安之色，仿佛十六年前的事已经被他抛到了九霄云外。

警部清了清嗓子后开始询问："从大学时代起，你就和川又先生认识。他是一个什么样的人呢？"

"他的脾气很好，我们住在同一间公寓里，由于我们都没钱，穷困潦倒的时候多，但还是互相寻开心说总会有办法的。他的朋友并不多，好赌这一点有些令人担心。"

金泽重复着关于川又的这些内容。虽然他能言善辩，但是传递给我们的有用信息却没有增加多少。我们听得极不耐烦。他说的尽是不得罪人的话，然而对他和川又在十六年前因为抢劫杀人案被警方调查的事却只字不提。

"听说你到了美国后就不再和他联系，你回国后也几乎没有见过他，对吗？"

"对。不过，上个月的月末我们通了个电话。"

这个回答真是出乎我们的预料，警部差点儿把喝了一半的煎茶喷了出来，火村则一直静静地注视着这位极有可能是抢劫杀人犯的男子的侧脸。

"最近你和他联系过了吗？在哪里？怎么联系的？"

金泽发出一声轻叹，稍稍放低声音说："他突然给我打来电话说'好久不见'，像是知道我办了这家公司，想重温一下往日的情谊。我邀请他一起去吃个饭，他却谢绝说改天吧。此后就没有电话联系了。关于他的近况和联络方式吗？我问了，但是他好像不太想说。我感觉他好像过得不太顺利。"

"金泽先生现在成功了，那他自然觉得和你没有共同语言了。"

警部顺着金泽的话附和着。不过我觉得很奇怪，如果老朋友现在如此成功耀眼，那么川又用不着特意打来电话吧。

金泽实际上不想说电话的事吧？

金泽之所以把这件事主动告诉我们，可能是因为公司职员向他汇报过"川又先生打来电话找社长"，与其让警察从公司职员口中听到这个消息，还不如自己先说出来比较好。

"我的成功，其实也没什么大不了的。"

"听说你做的是进口美国食材的生意，是在美国时想到要做这个的吗？"不知是谈话已经进入了闲聊阶段，还是为了让金泽放松警惕而采取的一种策略，警部开始用舒缓的语调发问。

"我买了一张单程的赴美机票，做了一次穷游大冒险。途中，在洛杉矶我结识了一位日裔的朋友，他的父亲是一家食品加工厂的工厂主。他让我在他父亲的工厂打工赚生活费。多亏了他，在我心里沉睡着的创业精神才被唤醒。您看过美国超市里的食品专柜吗？冷冻食品的柜台前，顾客熙熙攘攘的。美国人在家里不太做复杂的料理，只在讲排场时才做奢华的火鸡宴，这种时候所用的食材都是冷冻食品。刚看到这些的时候，我想，这怎么行呢？不过，我预料到这种风尚以后会蔓延到日本去。而且我当时比较穷，只好以吃冷冻食品为主。看着比萨、意大利面、炸鸡这些食品，我想，这些虽然现在在日本不流行，但以后会受到欢迎吧。总之，我有很多这类发现，于是真正的研究精神就在我的心中萌芽了。"

真不愧是警部，这时打断了他的话，突然问道："请你回顾一下大学时代的事吧，当时你们住的公寓附近，一个有钱的老妇人被杀了，你还记得这件事吗？"

金泽轻轻点头："有这回事。"

"那时你和川又没有感到不愉快吗？"

金泽的反应令人惊讶。他仔细端详着、小声嘀咕着，然后徐徐抬起下巴，向警部问道："那时的刑警就是您吗？"

他终于想起来了吗？

"十六年没见，我真是做梦也没有想到是以这种形式再会，我们真是有缘啊！"

"不，这可不是有缘。"

金泽明显用错了词，不过现在已经无所谓了。

"那件事令人很不愉快。那时，在我们住处的附近经常发生入室盗窃案，有流言说是两个年轻的男人干的。由于我和川又经常在一起，所以我们受到了猜疑，对吧？"

他向至今仍然把他们当作真凶的警部寻求答案。

"说是流言可不对，确实有目击证人说看到两个年轻男子从入室盗窃案的现场逃走。川又给你打电话时没提到那件事吗？"

"我们通电话的时间并不长，没有提到那件事。并且像我刚才说的，那件事并不令人愉快。"

"我们哪……"警部说到这里，突然噤口不言，留下一小段空白时间，以便让对方感到不安，这是一种策略。过了一会儿，警部用讶异的口吻继续说："我们也许犯了个大错呢，虽然你和川又常在一起，但不一定就是你伙同川又干的。我原本怀疑是不是有赌博习惯的川又因为缺少赌资而去盗窃呢？不过他的同伙不是你，那太好了。现在他已经死了，你能把你知道的以及能想到的都如实地告诉我们吗？直说吧，川又是凶手吗？"

如果他们就是真凶，那么金泽现在处于必须二选一的境地：是庆幸死人不会开口说话，把罪责都推到川又身上呢，还是彻底否认川又和整个事件有关联。

虽然留给他回答的时间只有短短一瞬，却有思考的余地，他可能会在心中盘算到底选择哪种回答才更安全吧。

"不，他是冤枉的。事发时，我和川又正在南街一带玩儿。"

"是他拜托你不要说的吧？这样一来你就不会说真话了吧？"

警部步步紧逼，金泽的回答依旧不变。这是当然的，因为警察并没有拿出新的证据来，他自然不会彻底坦白。

"可以问您一下吗？"金泽压低声音说，"为什么您会提起已经过去了这么久的事？我无法理解。这和川又被杀有关系吗？"他一改温文尔雅的态度，面露挑衅之色，连牙龈都露了出来。

"我们会搜集各种信息，特别是在初期调查阶段。至于到底有没有关联，那都留到以后去考虑，我们的工作就是这样的。"

"所以十六年前的我们也受到了怀疑吗？我问得有点儿冒昧，失礼了。"

金泽轻描淡写地道歉，想结束这个话题，警部却紧紧地抓住不放："不瞒你说，金泽先生，我认为由于那次事件导致你和川又之间的关系不和。你们之所以断了联系，是因为在案发后你们互相有过这类抱怨，'都怪你，我被当成了杀人嫌疑犯。''关我什么事？'你们这样说过，对不对？"

"这只是您的想象，毫无根据。"

"就连想象这类信息刑警也会收集的，我们的工作就是不招人待见的。你和川又之间有纠纷，不是吗？"警部咬住不放，"川又为什么突然和你联系？"

"您真是缠人，我和川又不可能有什么纠纷！"

"没有纠纷吗？很好。那么你告诉我，昨天晚上 10 点到 11 点半之间你在哪里，在做什么？"

"您是问我当时在不在案发现场吗？"

金泽用右手托住脖子，像是非常惊愕似的摇着头，不过并没有反唇相讥，而是坦率地说："昨天晚上我带公司的总务部长和人事课长到北滨的料亭①吃饭。今年秋天，公司计划会有大变动，所以要商量一下。我想从容地谈话，就去那家常去的店尽兴。我当时先去了其他一个地方，回来时是在晚上 7 点之后，然后马上去了公司，到料亭时是在 7 点半左右吧。我们在那里吃饭一直到晚上 10 点。你问我在这之后又去了哪里？之后我和他们告别，然后一个人去了北街的一家店小酌了一把。我还没有结婚，一个人比较自在，想去哪里就去哪里。"

据他所说，在料亭吃完饭之后，他一个人又来到位于曾根崎②的一家小酒吧，从 10 点半到 11 点多这段时间，都在那里和关系要好的老板喝酒闲聊，之后在 11 点 45 分左右回到了丰中市内的家。

这个回答真是滴水不漏。

如果他没有说谎，那么金泽素之并不是杀死川又进一的凶手。在警方推定的川又进一死亡的时间段里，他正在北滨的料亭和部下在一起。另外，桑原夫妇在 11 点 20 分左右看到的可疑人影也不可能是他。11 点已过还在梅田附近逗留的他，不可能在不到二十分钟之内赶到位于堺市郊外的案发现场，除非他是坐直升飞机过去的。

"我们可以向总务部长和人事课长确认一下你们去料亭的事吗？"

---

① 料亭是一种传统的日本料理餐厅，特点在于提供包厢、通常会请艺伎来助兴，费用高昂。

② 曾根崎是大阪府大阪市北区的町名及地域名。

他极不情愿地答应了，可是因为有顾虑，便要求我们在向那两个人进行确认时，不要说是进行杀人案中不在现场的证据调查，而要说成是被牵扯进一起微不足道的交通事故。警部同意了，于是他把料亭和酒吧的名字和地址写下来给我们。

"顺便问一下，前天你在哪里？"

警部这样问是因为有目击者称案发前夜在现场附近看到过一个身穿黑衣的陌生人。

"您是想掌握凶手在前天的动态吗？嗯……前天没有什么，我在晚上8点半左右下班，然后马上就回家了。这个回答你不会满意吧？"

"可能稍微有些不满意。"

火村开口说道，金泽慌忙转过头去看他。

"警部问的是你前天的行动，不是你前天晚上的行动。"

金泽不为所动，他很自信地认为在这点小事上这么说并不算是失言。

"因为'晚上10点到11点'这句话给我的印象很深，所以我才会说我下班之后都做了什么。至于白天嘛，我白天一直在办公室，那天有三个会议赶在一起，除午饭时间外，我没有外出。"

"那么你昨天都干什么了？刚才你说过，去料亭吃饭之前你先去了其他地方，是吧？"

"是。昨天下午3点到5点，我到堺市市内见一个客户去了。"

他是去和当地一家餐馆的老板进行商务洽谈，虽然有可能只是偶然，不过却和案发地的堺市牵扯到了一起，如果他当时是一个人行动的话，那么……

"洽谈顺利结束后，我开车在堺市周围转了转，我想在那一带找一个可供我随意使用的仓库。要是有合适的土地，我也可以自己建一个，就东张西望地四处寻找。"

结果他只是在那一带开车兜风，对警方了解他当时在哪儿以及都做了什么并没有什么帮助。7 点之后他回到了公司，那么到将近 6 点半时他应该还在堺市市内。这样一来，在川又进一的死亡推断时间上，即使存在一定的误差，但是给提前到 6 点半终究还是没有道理的。

"各位，你们不是想知道我在何时何地都做了些什么吗？如果有必要，我可以把日志拷贝一份给你们。"

金泽说着，带着一丝挑衅的意味，深深地靠在沙发上，他有逐渐暴露出本来面目的迹象。

连十六年前的事件都解决不了，这样的警察能有什么作为？就凭你们能抓住我？金泽脸上这副嘲弄的神情难道只是我的错觉吗？

"要是没有其他要问的，我就把部长和课长叫来了，请你们保密，不要告诉他们是在调查杀人案。"

"我再问最后一个问题，可以吗？"

火村阻止想要站起来的金泽。

"能告诉我你在美国到底待了多长时间吗？"

"一年……零六个月吧。"

他们这段对话的含义令人摸不着头脑。

金泽把两名部下喊来，在他们做证期间，他离开了。我应该说果然如此吗？金泽深藏不露，并没有露出马脚。如果我们去料亭和酒吧询问，也会是同样的结果。

"百忙之中，打搅你了。"警部压抑着遗憾之情说道。

金泽则从容地回答说："没能帮上忙真是万分遗憾，如果还有什么需要，请随时联系我。"

我们回到车上，既然已经来到这里，那就去一趟料亭和酒吧试试看吧，不过从那里找到突破口的希望很渺茫。

"啊，真累啊，不过身为刑警不能为这么点儿事去抱怨。看来金泽对十六年前的抢劫杀人死不承认，诉讼时效到期了也不松口。"

"您说什么呢，警部？"火村一脸惊讶地说，"诉讼时效还没有过期呢！"

"老师，您才是在说什么呢！杀人案件的公诉时效是十五年，已经在去年5月到期了。"

"这是川又的诉讼时效到期了，金泽的可没有到期！他自己不是说在美国待了一年半吗？在国外期间，诉讼时效是停止的。"

"啊！"警部敲着他那宽阔的额头，"我居然没有想到这一点，可真是糊涂了！"

我也没注意到这一点，虽然我曾在电视综艺节目里听过相关的介绍。

"这样的话，会演变成什么结果？这两个人如果是抢劫杀人犯的话，只有川又因为诉讼时效到期可以逃脱，而金泽还有被逮捕起诉的可能性。川又如果借此威胁金泽，那么金泽就会……"

"金泽认为如果把十六年前的事说出去，那么只有他自己会被逮捕吧？有栖川先生。"

虽然在很大程度上，这只是我们的想象，却可以把它看作是金泽的杀人动机。不过接下来，我们也从料亭和酒吧那里获得了那天晚上金泽不在犯罪现场的证明。

6

　　我们回到堺北警署时已经是夜里 11 点前后，包括茅野在内的很多调查人员还没有返回。看到我们后，鲛山警部补立即通知我们说已经知道川又住在哪里了。一位住在之江区的某公寓房东在看到晚上 7 点的新闻中播放的川又的照片后，急忙把川又的住所报告给了警察，现在前往那里的刑警们还在忙碌地进行调查。这种情形之下，调查会议只能在午夜零点之后召开了。

　　晚上 11 点半，茅野从案发现场发来消息，说他并没有发现什么新情况。"你马上回来。"警部用稍显疲惫的声音指示道。

　　"今天我还没喝一杯呢。"

　　火村像呓语一样嘟哝着走向自动咖啡售货机。回到这里之前，我们吃了点儿晚饭，但是对他来说还不够，那么我也陪着他吧。

在靠近自动售货机的座椅上坐下后,火村找了一下烟灰缸,然后抽起了骆驼牌香烟。抽了一支烟后,他惬意地摇头晃脑起来,这时森下走了过来。

"你在案发现场附近打探到什么新的消息没有?"我问道。

森下一边向自动售货机投币,一边回答说:"没有什么太大收获。现在只知道那一带的行人很少,就算在白天也看不到多少人,因此,如果有陌生人在那里出现,就会非常显眼。"

"凶手应该非常熟悉这些吧?他应该早就知道在那有一家废弃的旧工厂,也相当了解那一带的地理情况。"

这样说着,我又想起了金泽的话。昨天黄昏,他为了找到能供他随意使用的仓库,驾车在堺市周围行驶。可能他以前也像这样在现场附近做过调查。

"这个案子真令人头痛。"森下喝着咖啡,一脸苦相,"有人看到过凶手的影子,那个人影却在拐角转了一个弯后消失了。"

茅野接话说:"真是古怪。"那个家住在工厂一角的对面、当时正要回家的公司职员的证词与桑原夫妻的证词有不一致的地方,所以警方不能揪住凶手的马脚。

"在拐角转了一个弯后消失了……你这话说得不对啊,因为桑原夫妻看到的是转弯之后的一条长长的影子。"

"有栖川先生连这么细微的地方都能注意到。但是,桑原夫妻在看对面工厂的时候,影子并没有进入工厂。"森下说。

"有点儿意思。"火村叼着烟说。

"什么有点儿意思?您是想说的确如此吧?"警部说。

火村用手指夹着香烟说："正如森下所说，他们在看的时候，影子并没有进入工厂。桑原夫人看到的并不是可疑人物。"

　　"话虽如此，这条影子是从杀人案件现场悄悄溜出去的。桑原夫妻的目击证词不就是这样说的吗？"

　　"从杀人现场出去的人影转了一个弯，在柏油路上留下一条长长的人影后离开了。这样的话，就会认为是凶手消失了吧？可是人是不可能消失的，还有其他人会看到那个人。因此，他们的证词一定有一个是错误的。"

　　证词一定有一个是错误的……但桑原夫妻可是一起看到的那条长长的影子啊。

　　"很简单，桑原棱介或是公司职员的证词，其中有一个是假的。到底哪个是假的呢？"

　　"那是不是两个人中有一个人搞错了，或者是做了伪证？"森下晃着刘海儿问道。

　　火村把已经抽短了的烟放进烟灰缸。

　　"不清楚。如果是有人说了谎，那么明显是故意扰乱调查进程。这两个人里一定有一个是和事件有关系的。那名公司职员是什么样的人物？"

　　"据茅野说，他在大阪市内的纤维批发店上班，四十岁左右。听说昨天他们公司要盘点存货，所以加班到很晚，他不认识川又进一。"

　　"那桑原棱介呢？"

　　"我们在四处找线索时，得到了有关桑原的各种信息。他有一个饶舌的姑妈；他是熊本出身，家里开了一个造酒的作坊，他是家里的老三；从神户大学毕业后，他到大阪的商社就职；在公司同事策划的联谊会上认识了现在的夫人，然后成为上门女婿；六年前他们结了婚，结婚后因为要继承连锁杂货店，所以他就从商社辞职了。"

虽然无法判断这条信息的价值，但是桑原的经历让人感觉与川又并没有什么关联。即使他们年纪相同，但是上的学校并不一样。

"等一下，火村。的确，假如是桑原棱介说谎，那么就能够说明可疑人物为何消失不见了。桑原夫人看到的长长的影子，其实是下班回家途中的那个公司职员吧？"

"对，还有一个好消息，根据司法解剖结果，推断死者的死亡时间是晚上 10 点前后，但是凶手为什么要在空荡荡的现场逗留到 11 点 20 分呢？答案很明显，凶手并没有那样做。11 点 20 分时，那里已经没有人了。"

原来如此。有道理。

"金泽在案发前一天夜里的行动也有让人搞不懂的地方，那是为什么呢？想必当时他就在现场吧？事件发生的前一天晚上，有人证明说 11 点以后在现场附近看到过一名陌生男子，想必那个陌生男子就是金泽吧。"

"你是说他要预先勘查一下要实施犯罪的现场？"

"有可能。但是，他为什么要故意选择在夜里 11 点做这种事呢？除了为实施犯罪提前做一下现场勘查，还有为了让桑原棱介做伪证成功而预先排练一下的考虑在内吧？为防止失败，让桑原棱介预先演练一下如何把看不见、听不着的事情假装能看到、能听到。”

副教授今天真是劲头儿十足。

“有道理。不过为什么桑原要撒这个谎，让人无法理解。假定他就是凶手，他为了掩饰真正的犯罪时间而做了伪证？怎么可能，用不着这样吧？假如连他受伤都是假的，那说不定医生和他妻子也是他的同伙了。”

左脚脚踝骨折、只能靠拄拐杖行走的人是不可能进行那么复杂的犯罪的。

“就算他不能亲自去做，但是可以帮助真正的实施者去实施犯罪啊。”

“真正的实施者是谁？你这是直指金泽素之嘛。桑原和金泽之间可没有什么关联啊！”

“这不一定吧？说不定他们之间有关联呢。”

他们之间有没有关联，我们现在即使就此进行讨论也来不及了，还是先把这个问题放一放吧。可是，还有其他问题。

“真是令人无法理解。桑原在证词里说在他11点20分看到了奇怪的人影，那他为什么要当金泽的助攻？在这一点上就算撒了个拙劣的谎，可是警方一调查死者的遗体就能推断出准确的死亡时间，所以这可成不了金泽不在犯罪现场的证据。”

“不，这个不在现场的手法伪造得很巧妙。金泽不在现场的证据是做了两手准备的。第一，案发时他正在和部下吃饭。第二，到 11 点为止他都在酒吧，目击者看到可疑人物时他并不在现场。第二条不在犯罪现场的证据可能是桑原棱介帮了他的忙。"

"金泽一定会说这都是你毫无根据的想象。"

"如果桑原和金泽以及川又之间存在某种关联，那么就会有根据了。"

我认为火村的说法虽然不一定绝对正确，但是可能性非常大。

可是，桑原与金泽能在杀人案中联手，他们之间不可能是通过熟人介绍认识的，一定有其他更紧密的纽带把他们连接在一起。

另外，我认为金泽和桑原因为不同的原因对川又怀有敌意，又因为某种缘故，他们互相知道了对方的意图，以至于成了共犯。这么一想，也是合乎情理的。因此，有必要查明金泽、桑原、川又三人之间是在何处以及因为什么原因产生了联系。

"我们先假设桑原为金泽做了伪证，可是，这不是只能证实他在金泽的第二条不在现场的证据中帮助了金泽吗？在关键性的犯罪时刻，晚上 10 点时，金泽正在北滨的料亭里吃饭，这个事实是无法动摇的。这一点你如何解释？难道总务部长、人事课长、料亭老板娘、女招待、厨师长，大家都在撒谎吗？"

"如何解释？你用不着这样谴责我吧？"火村苦笑着说，"大家都争先恐后地去说谎，这是不可能的。金泽一定还有其他的小伎俩，他还搞了什么花样呢？有栖川先生，要是你，你会怎么做？"

他是想借用一下推理作家的智慧吗？我质问他，却遭到他的反问。唉，罢了罢了。

证人没有撒谎。到犯罪现场好像也没有隐秘的最短路线。那个工厂好像也确实就是犯罪现场。假如，假如……

"请给一下提示。"

森下突然冒失地提出这么一个要求，要是鲛山警部补在旁边的话，一定会用手里的扇子照着他的后脑勺拍下去。

"我可不是猜谜节目的主持人，给不了什么提示。不过这次事件最显著的特征是什么呢？如果沿着这个思路，说不定可以找到线索。"

"最显著的特征是伪装成上吊自杀？"

火村一手拿着纸杯，另一只手的食指指向森下。

"对。不过把勒死伪装成自杀身亡是多此一举。他们应该不会那样做的。"

"把川又的手脚捆住、封住他的嘴是多此一举吗？"我问。

这回他又把食指指向我："对，那真是多此一举，和让被害人服用安眠药一样多余。可是凶手是不得已这样做的，我们来想一下他这么做的理由……"

这时，从走廊的对面传来一阵喧闹声，调查川又居住的公寓的警员们带回来了什么重大发现吧。

"看看去。"火村把纸杯使劲儿一扔，然后朝喧闹的地方跑过去。

船曳警部的办公桌周围挤满了人。"我们被摆了一道。""不过这是怎么回事呢？"话音在他四周此起彼伏。注意到我们的到来，警部把一个东西举了起来。

"出大麻烦了，老师。我们被愚弄了。"

调查员在被害人的公寓里发现了一张陈旧的快照，上面到处都是褶皱和折叠的痕迹。照片里有三个年轻人，季节像是在夏季，三个人都穿着 T 恤。其中的两个人面对镜头、像孩子一样打出 V 字形手势，剩下一个戴着太阳镜的人正侧着身子回头看向镜头。

做 V 字形手势的两个人中，其中有一个左看右看都像金泽素之，另一个则一定是川又进一。

"戴着太阳镜的那个人就是桑原吧？"

火村一语点醒梦中人。我仔细看了看，那个人看起来像是年轻时代的桑原棱介。可是太阳镜把他的眼睛遮住了，再加上镜头对焦不准，无法确定就是他。

"大概是桑原，感觉是他。"

"你很慎重啊，有栖。八九不离十就是桑原，不过他可以装傻说照片里的人并不是他，只是和他外形相似而已。不过，这真是一张意味深长的照片。"

川又、金泽和桑原。这三人不知在何处有着某种关联。金泽曾说这只是毫无根据的想象，那么现在我们找到证据了。

"川又把这张照片放在相册里了吗？"

面对火村的询问，把照片带回来的堺北署调查员回答道："不是，被害人留下的东西极少，相册并不漂亮，和各式各样的照片一起塞在一个塑料袋里，这张照片是其中的一张。"

警部的桌子上摆满了五花八门的照片，里面有川又年轻时的旧照和他的近照，都混了在一起。这些都是快照的照片，看起来像是与同事们一起短途旅行时拍的照片也有很多。虽然他并没有把这些照片当成宝贝一样爱惜，却不想扔掉，所以就保留下来了。

其他的照片里并没有金泽和桑原。

"只有这一张照片是线索。这张照片虽然可以给桑原突然一击，但是正如火村老师所说，他会装傻说只是和照片里的人相似而已。不过，这张照片是在何时何地拍的，我们查清楚以后就可以和他们一决胜负了。"

警部下令把照片复印放大，可是放大后的照片除了色彩鲜明度减少了，我们在里面并没有发现什么新的信息。

三个人的背后是一片空旷，也没有什么能引人注意的东西，照片上的远景是并不陡峭的连绵的群山，有两辆看起来像是出租车的车辆拍得模糊不清，几乎无法看清车的顶灯以及车身上都写着什么字。

"这是在某处旅行时拍的吧？"我说，"这些山峦与京阪神一带的有所不同。可能是在旅行中，这些年龄相仿的男孩在意气相投时拍下来的。"

火村对我的说法没什么反应。

"在旅行中拍快照，他们找的背景也太简单了吧？这张照片看起来也不像是在火车站前或巴士站前分别时拍的纪念照。"

"请问……"森下指着照片问道，"这里有一处模糊不清的东西，像是铁路道口信号灯的灯顶部分。"

"道口？是哪里的道口？要是电车的道口，那么应该能拍到电车线吧？"

"不是，警部。这应该不是电车的道口，而是还使用内燃机车地区的道口。"

"这种地方日本不是到处都有吗？他们不可能只是为了拍照，专门去寻找与照片上的群山相符的景色而周游全国吧？简直莫名其妙。"警部嘟囔着。

火村却一边用手指在嘴唇上划来划去，一边出神地看着照片。忽然，他的目光好像在照片上的某个地方停下了。

"这两辆车并不是出租车。"

7

棱介正在阅读营业部提交的本月销售预测报告，这时门铃响了起来，香澄不在家，于是棱介按下与门铃相连的内线电话按钮。

来客是火村和有栖川，就是之前到访过的犯罪学家和推理作家。好像没有警察同行。"请稍等一下。"棱介说着，挂起拐杖慢慢地走下楼梯，花了将近五分钟的时间才来到门口，这让我们颇感不好意思。

"我太太去百货店买东西了，不在家，让你们久等了。今天两位是为了什么事情而来呢？"

"关于五天前桑原先生看到的可疑人物，我们想再询问一下。你能抽出时间和我们谈谈吗？夫人不在家，可能会更方便谈这个话题。"火村意味深长地说。

棱介把我们请进了房间，他觉察到事情似乎有些不妙。

我们被领进门口旁边的客厅。棱介刚要去厨房拿饮品，火村谢绝道："就不麻烦倒茶了，马上进入正题吧，我们是为了解决事情而来的。"

反正又是同样的一些问题吧，只好强忍着与他们周旋了。棱介做好了精神准备。

"你没对警察说谎吗？要是你有什么话要撤回或者是修正，我们会转达给警方。"

立刻就进入了正题，但是棱介还没有做好心理准备，他花了几秒钟的时间去掩饰惊惶不安。

"真是没想到，您的意思是说我撒谎了吗？我可没有。"

棱介想毫不畏惧地与犯罪学家火村对视，却没有这个勇气。虽然他并不是被火村睨视着，却能感受到火村的眼神里有一股强大的气场。火村的视线向上稍微瞥了一下，一根白发从头上扬起，被午后的光线照射着，发出银色的光辉。

棱介感到自己已经失态，正陷入惊惶不安之中，眼中的现实世界正变得不真实起来。不仅是火村的白发，就连墙壁壁纸上些许的褶皱、桌子上细密的划痕，都像在用放大镜看一般清晰可见。

"那天晚上，你并没有看到从杀人现场出来的人影。如果真有那个人，除你之外的其他人也应该能看到。"

"您说的这些刑警也问过我，但我只是如实陈述。就算除我之外的其他人没有看到过，我没有义务去说明这是为什么，恐怕凶手采取了一些不合常理的行动吧，比如跳进蓄水池逃跑之类的。别误会，我这只是打个脱离常识的比方。"

外面的世界正变得光怪陆离，棱介巧舌如簧，仿佛是他人附体在代替他说话一样。

"这位有栖川先生，怎么样？您既然是推理作家，找出凶手设下的陷阱是您的专长吧？您能完美地解开凶手消失之谜吗？"

我一本正经地回答说："不能。"有这样的蠢话吗？我要是推理的行家，就让你坐上飞机飞到西天消失！我真想这么斥责棱介。

"你要是坚持说看到过奇怪的人影那也可以，咱们不争论这个了。我换个问题，你认识被害人川又进一吧？"

"不认识。"

"不，你认识，你应该和川又以及他的朋友金泽素之一起在某个地方待过两个星期。警方已经去那里调查了，用不了多久他们就会来你家拜访。"

火村从怀中拿出什么东西放在桌子上。那是一张照片，以前棱介的身边也有一张相同的。

"这个戴太阳镜的男人就是你，你否认也没有用。我们已经确定了是在何时何地拍的。是在你二十岁的夏天拍的吧？"

火村把棱介想否认照片里的人是自己这一条路给封死了，是在二十岁的夏天拍的也被火村说对了。在火村的天赋面前，一切都别想逃过他的法眼。

"照片里的那两辆车的车顶上虽然装有类似出租车顶灯之类的东西，但仔细观察，就会发现只有正副驾驶的位置上坐着人。

这不是出租车，而是教练车。"

警察已经到鸟取县的一家汽车驾驶学校去做调查了。虽然警方并不认为驾校至今还保留着十六年前的学员花名册，但是通过观察照片上的背景，可以确认就是这家驾校。

"你和川又、金泽的出生地以及就读学校都不同，现在的工作和生活环境也完全不一样。虽然看似没有共同之处，却最终有了把你们联系在一起的连接点。大学二年级的夏天，你们三人在这家驾校相识，在为了考取驾照而在驾校宿舍寄宿的两个星期里，你们三个人走到了一起。"

他们三个人当时想在放暑假的时候考取驾照，但是神户周边的驾校都满员了，要想考到驾照需要花费很长时间，于是就去了这家位于乡下的驾校，并寄宿于此、接受驾考的集中训练。这样既可以快速获得驾照，学费也有优惠。之后，他们想去旅行，一番调查后选定了一条在鸟取县的合适的旅行路线。

"我承认在鸟取学过汽车驾驶，不过对照片里的那两个人没有印象。看照片的拍摄地点，应该是在寄宿过程中和他们说过话而已。我们之间有关系这种说法简直太夸张了。我和他们只不过是碰巧在人生的一个场景中擦肩而过而已。"

"这其中有一个人在你家斜对面被杀，另外一个人也好像与这起事件有关，这很难用'碰巧'去解释。"

"就是碰巧，如果不是碰巧，那又是什么呢？金泽这个人与事件有没有关联我不清楚。"

"警方怀疑金泽就是凶手。"

"凶手"这个词让棱介心中一紧。

"我虽然不清楚他为什么被警方怀疑，但是你这样说好像在说我是他的同伙，不是吗？"

"你，只是、稍微、帮了他一下。你在他指定的时刻，撒谎说你看到了可疑人物。"

这样说着，火村一点点把脸朝棱介靠了过来，嘴角露出一丝笑意，这是引诱对方的笑。

"被害人的死亡推定时刻是夜里 10 点前后。在这个时间里，金泽虽然说他当时在其他地方，有不在现场的证据，但是你把它粉碎了，问题就在于你的目击证词。你说你在 11 点 20 分看到可疑人物从现场出来。你不打算把这个说法撤回吗？"

金泽不在现场的证据崩溃了，这给了棱介沉重一击。

棱介在脑海中回忆起金泽对他说过的话："你只要做证说在 11 点 20 分左右看到一个奇怪的男人从工厂出来就可以了，用不着说其他的，也用不着知道我为什么要编造这个假话。这个要求你能接受吗？让我们一起守住现在的幸福吧。到明天你就会知道我做了什么，我希望你能遵守约定不要说出去，我不打算让你铤而走险。当然，这是我们处理共同危机的一个策略。我说了我一个人去做这件事，你不要管。现在，你的腿受了伤不能自由行动，所以由我去做这件事，你应该感谢我。"

"警察……已经找到金泽杀死川又的证据了吗？"

"虽然我现在还不能详细地告诉你，但警方已经快要找到了。现在金泽不在现场的证据这个护身符已经不存在了，他已经无处遁形了，马上就会被警方抓住。所以，你用不着害怕他了。"

犯罪学家火村摇身一变，成为循循善诱的神父。

"你要是受到他的威胁，被迫服从他的命令的话，我劝你毫无保留地向警察说出一切。如果不这样做，你将成为他的共犯。请你务必做出明智的选择，这也是为你心爱的妻子着想。"

受到火村这番话的感召，棱介的内心涌起了波涛。

"金泽在犯罪时自己伪造了不在现场的证据，你完全没有协助他。也许你也不知道他都设下了什么圈套吧？"

确实如此，但是又不能点头表示认可，棱介觉得如鲠在喉。

"我来告诉你吧。"副教授毫不犹豫地说。

"你把调查机密泄露给我，这样可以吗，老师？"

"你用不着有顾虑，这也不是什么天大的秘密，过不了多久，杂志就会刊登附有图解的说明。我先来给你说明一下吧。"

棱介很想知道金泽如何编造不在现场的证据，但这样一来，就等于暗示自己和金泽并非一点关系也没有。尽管如此，他还是向前欠身听了起来。

"当天下午 5 点在堺市结束商谈后到 7 点之后回到公司，这段时间内无法证明金泽去过哪里、做过什么。警方认为在这段时间内，金泽和川又进一在某地会合后把川又杀死了。"

"杀人时间是在晚上 10 点前后？"棱介怯生生地问道。

"失礼了。我换个说法吧。为了在晚上 10 点吊死川又，金泽准备了各种手段——首先用花言巧语麻痹川又，在某地劝他喝易拉罐啤酒。金泽必须自己拉开易拉罐的拉环，放入安眠药后让川又喝下去。要想成功做到这一点，他肯定费了一番心思。让川又睡着后，他驾车来到你家附近这一带，这里虽然行人稀少，但陌生车辆停在路上也极为扎眼。你回想一下他当时去你家借车库的事。"

——我想借用你家的车库三十分钟。

"由于金泽在事发前一天到那家工厂进行了犯罪实施前的实地勘察，因此把昏睡的川又运来时没有搞错路线和时机。他进入工厂后，可以不受任何人的妨碍、从容不迫地实施犯罪。他只把能证明川又身份的东西拿走，在川又的脖子上套上绳索后，把绳索挂在门把手上。只是，在普通情况下，川又会被当场吊死。为了在自己离开现场后的相当一段时间内，川又的脖子不被绳子勒紧，金泽做了一些手脚。"

火村眼睛一直注视着棱介，观察他的反应，偶尔火村的目光会稍微移动一下。

"他并没有使用最新的器材，在觉得形势紧迫后，必须加速进行这件事，就利用身边的简易工具。他的公司是做冷冻食品业务的，有大量的干冰——哦，你露出惊讶的神色了，好像真不知道他的伪装手段。"

"杀人事件和干冰之间……有什么联系？"

是嗓子觉得辣吗？火村不住地咳嗽起来，于是对一旁的我打了个手势，意思是让我来帮忙继续解说。

"也就是说……"我马上接过话茬，"金泽把大块的干冰放在混凝土地面上，让川又坐上去，让他保持两腿向前伸直的姿势。

之后，在他的脖子上缠上绳索，绑在门把手上。随着时间的推移，干冰汽化、体积变小，被害人的身体逐渐下沉，最终形成上吊死亡这种假象。"

棱介在脑海中想象着金泽杀人时的场景，不免叹息起来。川又的脖子被一点点地勒紧，真是一种残酷的死亡方式。

"作案时，凶手做了两个准备：第一，捆绑川又的手脚、用胶带封口，这是为防止药物失效的预防措施。这样做的话，即使被害人恢复了意识，也无法自行解开绳索，无法挺起身体，连大声呼救都做不到。如果他强行站起来试图逃跑，那么身体就会立刻失去平衡。"

因为无论川又如何挣扎，脖子都是被勒住的。

"另一个准备是，"我继续说道，"在干冰上铺上毛毯，是为了防止低温的干冰把川又的臀部冻伤。当初关于这毛毯的作用，警方认为，这是试图自杀的川又为防止自杀过程中尿失禁，自己铺的。凶手这样做就是为了达到这种一箭双雕的效果。"

"你脸上的神情仿佛在说'会有这么巧妙的手段吗'。"火村挑剔地说道，"干冰的挥发速度极易受重量、表面积、放置场所的温度等因素的影响，警察眼下正在做实验以找到合适重量和形状的干冰。金泽应该熟悉干冰的特性，他事先可能也进行了实验。为了让被害者的臀部距地面五厘米，可能需要三公斤重的干冰吧。无论如何，这种伎俩不久就会被警方证明是可以施行的。"

棱介只能静静地聆听。

"金泽驾车赶到时，是 5 点 15 分左右。由于他做过调查，因而熟悉这一带的地理情况，你没有从窗户去看他的动向，因为除了他吩咐你做的，其他事情你并不想知道。金泽取回车辆是在 6 点。"

——10 点的时候你太太能回来吗？如果还没有，你可以先打个工作上的电话。不用麻烦你太太了，她就算回到家也因为是亲属而无法成为证人，所以还是给谁打个电话吧。这样一来，就算我犯了什么错误，警方也不会认为你和这起事件有关系。这是我的忠告，可能是我太神经质了，不过这里毕竟离你家太近了。

警方推测他打算让川又在 10 点死去，因为由干冰制成的限时装置的有效时间被他设定为四个小时。

——拜托你到时候要说，看到一个可疑的男人从现场逃走了，把看到的时间定为 11 点 20 分吧，可不要弄错了。

非要把时间定在这个时刻好像比较拙劣，金泽的计划于是在这里露出了破绽。

"他要求你说在 11 点 20 分看到可疑人物的假话吧？为什么不是在 10 点之后而是要在 11 点 20 分才说呢？因为干冰会在那时完全消失。"

是这样吗？

——虽然到时候你要说看到了一个可疑的男人，但是不要马上打报警电话，我不喜欢这样，因为现场可能还会有多余的东西留下……最好不要被人发现，到时候你好好斟酌一下该怎么做。

第二天早上，你必须声称昨晚看到了可疑人物。这就是我要你做的全部，除此之外，我没有什么要求。

"金泽杀害川又进一的动机是什么？"棱介用微微颤抖的声音向火村询问。

"那是过去留下的阴影。这条阴影无限延伸开来，一直在他的头顶盘旋——说起十六年前，你没想起什么吗？几个年轻男子合谋犯罪，导致一起恶性事件的发生。"

棱介脑海里浮现出金泽在十六年前对他说过的话："你放风就可以，不用进去，我和川又去做，得到的钱分给你两成，我对你不错吧？你就算拿了驾照也买不起车，是不是觉得自己有点儿像傻子似的？"

这时火村对棱介说："你知道些什么吧？如果是因为这个原因被金泽胁迫的话，现在你就应该说出来，用不着隐瞒了。"

棱介继续回想金泽最近对他说过的话："川又最近出现了，他说的话真离谱，他说想在我的公司上班，还想获得共同经营者的名义，这不是开玩笑吗？你虽然当了连锁杂货店的上门女婿、变更了姓氏，但是不知道什么时候川又那家伙就会找到你。他穷得厉害，不知道会做出什么事来。和川又一样，你的诉讼时效到期了。你们两个在这方面与我不同，我有一年半的海外经历，诉讼时效在这一年半里是处于停止的状态。但是川又那家伙要钱不要命，在知道我的诉讼时效现在还有效时，好像有向警察通报的想法。他和我们不同，是光脚的不怕穿鞋的，很可怕。拿起刺死老婆婆的刀逃跑的就是这家伙。可能他还保存着那把刀，即使没有保存也很危险，他会把只有我们才知道的事情大肆宣扬，这会让我们在媒体上成为重点报道的对象，我们的社会地位也会因此完蛋。所以我要杀了他，你必须支持我。"

不光是因为受到川又的威胁，金泽还有强烈憎恨川又的其他理由。在他看来，这次事件不光是为了击退恐吓者川又而进行的正当防卫，还有复仇——那是常年积累下来的仇恨。

——一想到那家伙干的事，我就愤愤难平，他却恬不知耻地又出现在我面前，这次我绝对无法饶恕他。

十六年前，他们三个人组成一个名为"毛贼游戏"的团伙数次作恶，本打算从事盗窃，却沦落为顺手牵羊的扒窃，最终竟然演变成了抢劫杀人。

——那个老婆婆没有认出我，所以把她捆住后，我们逃走就可以了。没想到川又那家伙，那个蠢货——

陷入恐慌状态的川又在数田滨子面前不由得喊起他的名字来："等等我，金泽！"

这时金泽应该做的事是放弃抢劫，向老婆婆谢罪，然后去警察局自首。但是当时金泽已经失去了理性——他捅死了老婆婆。

——就因为川又那个浑蛋，结果事情最后发展成了杀人案。我在忏悔中度过了十六年，每天都在反省。当我洗心革面、拼命苦干、创办起一家正派的公司时，那家伙又出现了，对我说："你的诉讼时效，好像还有效，这是杀人的报应吧？"我哪能让这家伙再多嘴多舌？这个垃圾！

"我并不想卷入这件事，不过事已至此，我会把金泽的事以及他和我都是怎么联系的告诉你们。"

棱介擦去额头上的汗珠，开始向我们讲述起来。

这是为了拂去那道一直萦绕在他心头的长长的影子。

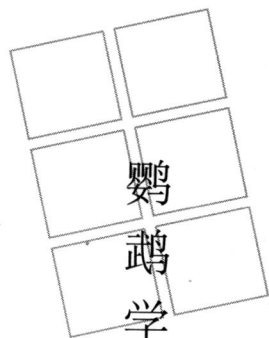

鹦鹉学舌

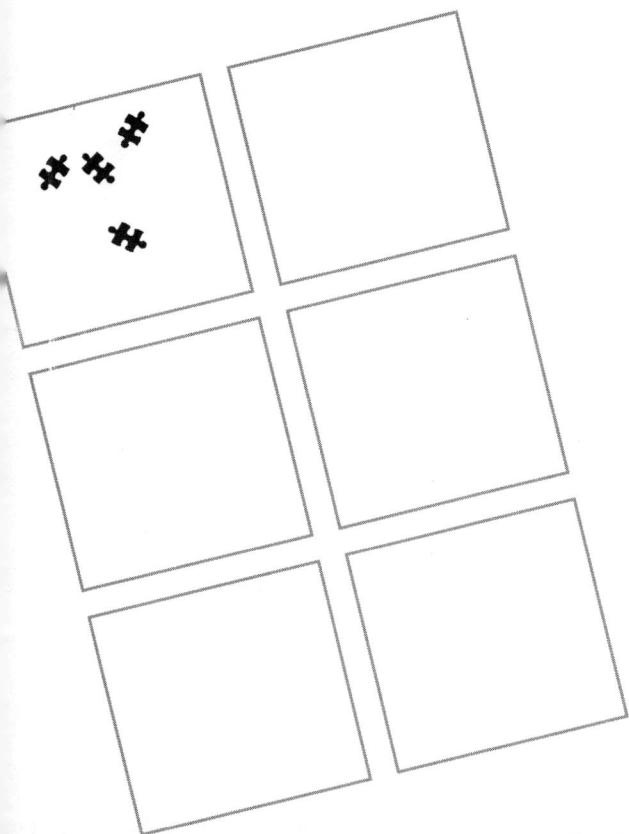

你在笑什么，有栖？报纸上还有这么有趣的事吗？你要我看一下？好吧，真是麻烦！

　　…………

　　我看完了，真郁闷，不就是一起乱七八糟的诈骗案吗？不过这也很常见，世上贪得无厌的家伙有的是。嗯？你说什么？在哪儿？

　　啊，你是说犯人的名字呀？"原""黑井"还有"仲间"，这三个人的姓氏合起来读就是"坏心眼伙伴"的谐音吗？无聊，这种反讽谐音梗能当小说的素材吗？

　　什么？罪犯的名字怎么可能和罪名产生联系呢？要是我做这种研究，那我堂堂一个犯罪社会学家可就没脸见人了，我在母校的讲台上也无法立足了。

唉，这种巧合其实也是有的……不，还有更奇妙的巧合呢，我给你讲个聪明反被聪明误的故事吧——

两三年前的秋天，在中京区的一间公寓里，有一名男子遇害。他是一名三十来岁的职员，在一家公立法人机构上班。他的胸部被利器刺中，因为失血过多而死亡。凶手并没有抢走他的财物，因怨恨而行凶的可能性很大。

这起事件的奇特之处是，有一个事发时在现场的目击者把凶手的名字告诉了警方。不对，"目击者"这个说法并不正确，因为那个目击者并不是人类。

好吧，我还是说得让人听起来容易理解一些吧。

在案发现场的客厅一角挂着一个鸟笼，过着独居生活的被害人把鹦鹉当成朋友来照料。我被柳井警部叫到现场后，看到调查人员的注意力都集中在那只鹦鹉身上。

它的叫声令人惊讶不已。

"凶手是高浦。"

这只鸟用它那独特的高亢语调清晰地鸣叫着，大家都清楚地听到它叫的是"犯人是高浦"，我听到的也是这样。

这时，警方还没有对与被害人有关系的人物进行排查呢，刑警们却大呼小叫地嚷嚷起来："肯定是那个叫高浦的人干的！"

被害人在受伤后暂时还剩下一口气，但好像已经没有力气打求助电话了，而且在他身边也没有电话。

他只能在地上挣扎着留下他死前的最后信息。在痛苦的呻吟声里，他反复地说："杀我的是高浦，凶手是高浦。"

哎呀，有栖，你现在的表情看起来很复杂，半信半疑，是在想怎么会有这种事吗？你的这种心情可以理解，我自己也觉得这有些太夸张了。

但调查开始后，还真有一个叫高浦的人出现了，所以引起轰动也不是没有道理吧？而且这个高浦曾经为了一名女大学生和被害人上演了一出争风吃醋的闹剧。高浦有杀人动机，而且他也没有强有力的证据证明案发时自己不在现场，这下就和鹦鹉的"证词"对应上了，一部分调查人员兴奋地喊起了"万岁"。

你说什么？啊，当然，用"有一只事发时在现场的鹦鹉告发你就是杀人凶手"这种理由去逮捕犯罪嫌疑人是行不通的，法院不可能据此发出逮捕令。

警方进一步调查高浦的社会关系，发现处于三角恋爱旋涡之中的女大学生还与另外一名男子有瓜葛，我只能说她真是太有手段了。第三名男子是一个留级四次的大学生，名字叫阪田，他扬言女大学生要是和其他男人交往的话，他就把那个男人杀掉。

因吃醋而怒火中烧的男人大致不会把暴力的矛头对准情敌，而是会对准女人，正所谓"因爱生恨"。不过，这个规律对阪田并不适用。

高浦和阪田都有很强烈的杀人动机，但是案发时不在现场的证据又都模糊不清，这让警方举棋不定，把他们都列为嫌疑人。除了他们二人之外，警方没有发现其他的可疑人物。

鹦鹉的证词可靠吗？调查总部再次议论纷纷，刑警们为此来到出售鹦鹉的宠物商店向店主咨询。

濒临死亡的被害人反复说凶手是某某，那么鹦鹉听了很多次以后能记住吗？店主对这个问题大体上持怀疑态度，认为不太可能。"这应该很难做到吧。"但是却不能断言说绝对做不到，因为鹦鹉之间也是有个体差异的。到底能不能做到，要看被害人对鹦鹉进行了多大程度的训练了。

被害人曾向周围的人吹嘘，说他养了一只能惟妙惟肖学人说话的鹦鹉。这只鹦鹉"证人"给他这种说法做证的能力好像极高，置于调查总部保护之下的这只鸟非常会说话，从"你好""祝你健康"到"小泷"[1]它都会说。它还有音乐才能呢，能鸣唱巴赫的《哥德堡变奏曲》第一小调，也许这是被害人生前最爱听的曲子吧。不过警方在被害人的房间内只发现了流行音乐的 CD。这只鹦鹉可真奇怪，它是在哪里学会这首曲子的呢？

话说回来，你知道"小泷"这个词的由来吗？这是西博尔德[2]在日本滞留期间娶的日本妻子的名字。西博尔德离开日本后，由于思念妻子，就教自己饲养的山八哥去记"小泷"这个名字，于是"小泷"成了山八哥的代称。

你说这是不值一提的小常识？对不起，跑题了。本次事件中由于涉及鹦鹉，就忍不住卖弄了一下我了解的杂学。

---

[1]　山八哥的代称。

[2]　全名为菲利普·弗朗兹·冯·西博尔德（1796—1866 年），德国内科医生、植物学家、旅行家。

我和柳井警部一起调查相关人员，获得了很多线索。

首先，高浦的特点是身材高大，帅气，即将进入某大公司的研究室，前程远大，但仍然不能虏获女大学生的芳心。他对不能获得她的青睐一事好像心怀不满。

鹦鹉的证词"凶手是高浦"被当事人推翻了，高浦反问："这样说到底有什么根据？"

接下来我们调查的是阪田。他是广岛某名门之后，住在一栋奢华的公寓里。那名冷酷的女大学生在前途无量的高浦和家世显赫的阪田之间游移不定。顺便说一下，被杀的那名男子也是有地产的。喂，为什么听到这些之后你看起来很不高兴呢？

我们被阪田领进奢华公寓的客厅。他身材矮小，看起来非常惊慌。由于牵扯进杀人案而受到警方的调查，他有这样的表现倒也不难理解。

该问他些什么问题才好呢？他像鹦鹉学舌一样，每次都要把我们的提问重复一遍。

"和她的关系吗？很顺利啊！"

"和被害人认识吗？不认识，我只是从她那里听到一些有关他的传言，说他的纠缠让她心烦。"

"问我认识高浦吗？我和她约会时偶然碰见过高浦一次，我没有和他交谈过。"

"问我在案发当天都在做什么？我只是一个人在家里待着呀！"

阪田的回答就是这种语气，在小说和电视剧中常出现这种不自然的说话方式，现实中并不多见，和他谈话令我觉得不太舒服。

他花了些许时间谨慎地斟酌词句。但是，如果我们戴着有色眼镜认为凶手的反应大概会是这样犹豫不定，就是错误的。他可能只是在刑警面前觉得不安而已。

但奇怪的是，当提到高浦的名字时，他的嘴角痛苦地咽斜起来。这是突然受到强烈冲击后才有的表情。

"你养过宠物吗？比如小鸟之类的吗？"

我们这种跳跃式的询问让阪田一时不知道该说什么好，不过他马上又恢复了常态。

"养宠物？没有。我从她那里听说被害人养过一只鹦鹉，那只鸟怎么了？"

他这样反问后，这件事就不能再继续说下去了。我们只能适当地忽悠他一下，把侦查的气球收回来。

我想：假如阪田就是凶手，为了把罪名转嫁给他所憎恨的高浦，于是反复训练鹦鹉，让鹦鹉跟着他学舌说"凶手是高浦"。他有必要这样大费周章吗？

这时，正义女神开始向我们眨眼睛了。

阪田衣兜里的手机响了起来，铃声是巴赫的《哥德堡变奏曲》第一小调。他平静地对我们说"失礼了"，然后去接电话。我和警部则为这重大发现而兴奋不已。

果然是阪田训练了那只鹦鹉。不过，他并不是在杀了人以后站在死者的遗体旁边反复训练鹦鹉说："凶手是高浦，凶手是高浦。"

他事先准备好了另外一只鹦鹉，在自己家进行了充分的训练以后，把它带到案发现场，在作案后他把这只鹦鹉与死者饲养的鹦鹉进行了调换。真是煞费苦心的设计！

被他带到现场的那只鹦鹉由于经常在阪田身边，所以连他的手机来电铃声都记住了。这真是聪明反被聪明误。这只鸟不光能模仿人的声音，还能模仿其他声音。阪田却没有注意到这一点。

警方在市内的宠物店进行了一番调查，查明阪田在大约两个月前买过一只鹦鹉，其他的物证也搜集齐全了，不久这起案件就被警方侦破了。

这个有特殊嗜好的男子精心策划的鹦鹉学舌，也算是一个反讽的素材，可以成为我们在茶余饭后的谈资吧。

喂，有栖，电车马上要来了。

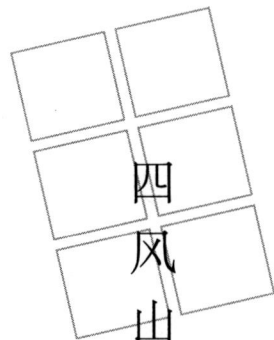

四风山庄杀人事件

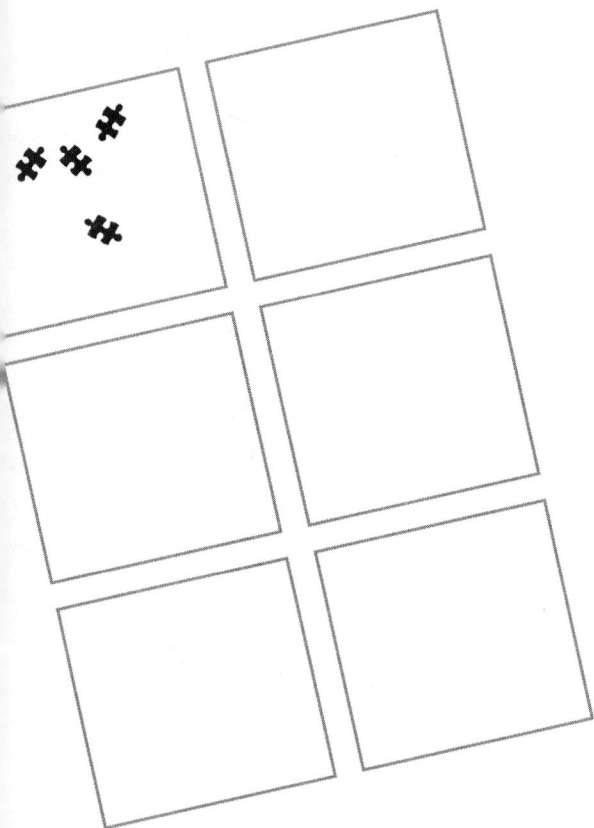

1

当初让我出人头地的出版社编辑如果向我提出什么要求的话，我是不能置之不理的。珀友社的片桐光雄平时于公于私都照顾过我，所以我在很多方面都想助他一臂之力。

不过老实说，现在他提出的这个古怪要求让我有些不知所措。我能起到什么作用呢？我惶惑不安起来。

"明天下午你有时间吗？有的话，好事不宜迟。"我像被拽着一样，被片桐光雄带到了位于东京代代木上原地区的里中家。出生于大阪的我还是第一次来到这里，离车站不远处有一片清净而宽阔的住宅区，我边走边四处张望着。

里中泰成是一位以社会问题为背景进行创作的作家，是推理小说界的泰斗，素以有风骨而著称，前不久因为脑溢血去世。他获得过众多文学奖项，读者群广泛，令人敬仰。我只在一次为推理小说家举行的酒会上和他打过招呼。

当时，我们之间站的距离并不远，偶然间和他四目相对，视线交织在一起，于是我就上前进行了自我介绍。不过我觉得压力很大，因为我和他相比，在写作领域和成绩上不仅有着巨大的差距，而且听说他对我写的小说类型持批判的态度，总之，在态度上他对本格推理小说很严厉。

"真想不到里中老师会有话要对我说。"

走在通往里中宅邸的坡道上，我自言自语着。片桐听了立刻就指出我的不妥之处："里中老师亡故后，这样说可不对，邀请有栖川先生的是他的女儿。"

"这位小姐的芳龄是？"

"里中花织小姐是里中泰成老师在五十岁时生的，今年刚满二十岁。你问她的芳龄，是出于本能吧？虽然她是貌美如花的才女，不过遗憾的是，对已经三十四岁的有栖川先生来说，她太年轻了。顺便说一下，花织小姐之所以邀请你来，是因为在诸多本格推理小说中她只读过你的作品。"

她真是一位少见的人。

"她不怎么读推理小说吧？"

"点心店老板的孩子不太想吃点心吧。"

片桐用了一个不恰当的比喻，我觉得与他的编辑身份一点儿也不符。没想到里中泰成的女儿竟然读过我写的书。听片桐说，她在旅行途中看到了那本小说，还以为是女性作家写的浪漫小说，于是就买了下来。哎呀，原来如此，竟然是这样。

"明天黄昏我想回大阪，没关系吧？刮往关东方向的台风一个急转弯，往别处去了，现在我们不用担心了。不过为什么台风要往日本列岛刮呢？是偏爱还是憎恨日本列岛呢？"

"东京不会有台风的，总之你就陪我一个星期吧。说到台风，还多亏了台风日本才有丰富的水资源。把台风刮向日本是由那个'科里奥利力'引发的。"

站在富丽堂皇的里中家门前，我说这看起来真像黑社会老大的住宅，于是被片桐狠狠地瞪了一眼，这时他已经按响了电话门铃的按钮。

花织小姐亲自出来迎接我们，她是一位少妇般的美人，有着二十岁大学生少见的沉着冷静。一袭黑发束在她的脑后，如果散开的话会更添魅力。她所穿的服装极有品位，一身时髦的连衣裙非常合身。

我们被她恭恭敬敬地引到客厅，在这里和她会面一定很拘谨，在名媛面前紧张是在所难免的。用人端来了橙汁，我也不太敢伸出手去拿。放橙汁的托盘是满月形的，看起来很雅致。

"您在东京期间如此繁忙，我却邀您前来，请恕我无礼。我母亲因故外出，不能前来问候您，失礼了。"

花织将手抵在桌子上向我们俯首施礼。我和片桐立刻也以同样的角度鞠躬还礼。

"我就不浪费时间了，还是直奔主题吧。我有要事与有栖川先生商量，因此劳驾您前来。读了您的大作，我觉得您应该能回答一下这个问题吧。"

她使用敬语称我为"老师",仿佛是在嘲弄我。如果当真把我看成老师,她就应该亲自登门拜访,而不是把我叫到她家里来。

"我父亲里中泰成已经去世三个月了。"他是在初夏去世的。

"托您的福,七七法事也平安无事地结束了。大量遗物的整理工作也进展顺利。承蒙以片桐先生为首的诸位编辑的大力协助,真是不胜感谢。"

片桐急忙还礼说道:"哪里哪里。"

看来这次我不能有一点儿疏漏,我要是失败了,就会给片桐以及他所在的出版社带来不良影响。

快点儿吧,这两个人客客气气的,怎么还不进入正题?

"老实说,编辑们对我父亲的遗稿好像很有兴趣。其中有一个短篇,只写了一半,看到这个短篇的草稿后,有的编辑兴奋得发出了欢呼声。"

"啊,发出欢呼声?这真是太放肆了,可别是我们出版社的人啊。"

听到片桐这么说,花织立刻否认,让他放心。

"是其他出版社的人,我不能告诉你们是何方人士,这倒没什么。但这篇小说在处理方法上令我十分困惑,要说是什么样的困惑……"

她好像是想听听本格推理作家的意见,看看怎么处理这篇短篇小说。片桐没有把详情告诉我,可能是怕我知道后不来了。

花织从沙发旁拿起一个 A4 纸大小的信封,从里面拿出一个笔记本，那是一个很常见的本子。

"请您阅读一下，我想听听您的意见，这是有栖川先生的专业领域。"

她把笔记本翻到某一页后递给我。那是用蓝色墨水写的笔记，上面的字迹密密麻麻的，乍一看，根本看不懂写的是什么。这是里中泰成的笔迹吧，这位权威人物的字迹非常潦草，听说他手写的草稿令很多编辑看了后想哭。看他的手稿要不惜冒险打电话向他本人请教："请问这个字是什么？"他那充满个性的字迹令人咋舌，不过一旦掌握了他的书写规则，就不会那么辛苦了。

读了几行后我不禁"嗯？"了一声，把这一页读完后，我一脸愕然。这真是意料不到的事情。

"这是……？"

我抬起头用询问的眼光看着花织，她非常沉着地说："就是您读到的样子。"

我有些无法置信。

"您能看到最后吗？然后我会给您解释。"

2

一星期后，京都。

我和片桐在京都车站会合后，乘地铁向今出川车站的方向
而去。我们要去京都大学，那是我的母校，我的朋友火村英生
在那里的社会学系当副教授，他的研究室位于那所大学的一个
角落里。

通过我的介绍，片桐对这位犯罪学家有了一定的了解——他
在协助警方调查罪案方面，有着大侦探一样的非凡能力。于是，
片桐对这位尚未被世人所知的活跃人物产生了兴趣，希望为他出
一本书。火村有着不为人知的强烈动机，这种动机促使他与犯罪
行为战斗到底。可是火村并不能写出所谓"犯罪学入门读物"
之类的书，所以就一直没给片桐满意的答复。不过，我们这次

去京都的目的并不是为了说服火村写书。

"说到火村老师，他和有栖川先生一起吃过饭，也去冲绳旅行过，但我去他的办公室还是第一次，真有些忐忑啊。"

已经是火村迷的片桐为能进入火村的办公室而兴奋，我的内心却羞愧难当。如果我能自己解决问题的话，就不必去求他帮忙了。我真是无能。

我们敲门之后，里面传来火村的声音："请进。"

我们进去的时候，副教授背靠窗户面朝书桌，正在电脑键盘上打字，他看起来马上就要完成了。

"我不是在写论文总结，这些文件的内容有一些散乱的地方，于是就整理一下。让你们久等了。"

"好久不见，老师。这是一点儿薄礼，不成敬意。"

片桐拿出在神乐坂甜品店购买的小礼品递了过去，说是对火村在百忙之中抽空相见的谢礼。

"今天我没有课，你不用这么客气。"火村回应着片桐，然后请我们就座。

"学生们可以在研究室像这样和老师面对面地商讨怎么写毕业论文吧，不过我们今天来是有更棘手的事情要向您请教。"

片桐看着墙壁旁放满书籍和文件的书架，一脸好奇之色。

"我听有栖说，你有一个谜团想让我帮忙解开，我不能保证一定就能帮上忙，所以请不要抱有太大希望。"

觉察到研究室的空气流通不畅，火村起身打开窗户通风换气。9月虽已过半，却仍然秋热难耐，怡人的风从窗外吹了进来，轻拂犯罪学家那夹杂着白发的头发。

"想请您破解的谜团，很难以常理推断。不仅案发现场有让人觉得无法理解的地方，还不得不进行秘密调查。于是我只好前来与您商议，请多关照。"

"片桐先生，不用拘谨。他和这件事有关系吗？"

火村指向我，我于是代片桐回答："我和这件事没有关系。坦白说，片桐先生先来找我商量，我解决不了，只好来找你。就是这个情况。拜托了。"

我这么说是有些自暴自弃了。

"有栖川他解决得马马虎虎、不怎么样吧？"火村问道。

听到他这么评价我，片桐担心地向我使了个眼色，然后开始说明事件的大致情况。

"我们必须进行秘密调查的原因是卷入该事件的相关人员希望如此。由于立场敏感，所以不能透露对方的姓名及详细身份，请您谅解。"

这真是奇怪的开场白。火村洗耳恭听。

"我先声明一下，委托人是一名警务人员，有着相当丰富的调查经验。为方便起见，叫他警部吧。这件事是这名警部受某位朋友的邀请，到一座地处深山老林的宅邸后发生的。

"那座宅邸的主人是警部母亲的朋友，请允许我称她为退休的珠宝设计师 J。简单来说，就是取 jewelry（宝石）的第一个字母 J 来当她的代称。警部小时候就深受 J 的喜爱，所以她邀请警部来参加圣诞晚会并一起打麻将。警部接受了邀请，在休假时就带上 J 喜欢的葡萄酒到她那儿去。

"这名前珠宝设计师非常喜欢喝葡萄酒，同时也是一名麻将迷。于是在这种情况下，警部从 12 月 23 日夜里起就住在那幢宅邸里。

"受邀参加圣诞晚会的人还有另外三名男子，虽说有些冒昧，请原谅我用代称 A、B、C 来称呼他们。这三个人都二十来岁。A 是一位创办 IT 企业的青年企业家，B 是前途远大、深受国内外瞩目的造型艺术家，C 是花道宗主的小儿子。他们也是 J 的两位女儿的女婿候选人。长女 D 今年二十三岁，大学毕业后在宅邸里掌管家事。次女 E 还是一名十九岁的大学生。J 想在这三个人中选两名看着顺眼的做上门女婿，女儿们也打算遵从母亲的这个愿望。"

火村掐指算道："一共七个人，出场人物就这些吗？"

"不是，还有一个人。对不起。"

片桐也用不着道歉吧。

"来客中 A 和 C 是分别在 23 日黄昏和 24 日黄昏来到的宅邸，他们打算停留到 25 日。E 在学校放寒假后于 22 日就回到了家里。到目前为止，我所说的您能理解吧？"

"嗯，我能理解。"火村说着拿起纸笔，于是我把带来的东西递了过去。

"这是出场人物一览表和现场草图，备忘都记在空白处了。"

"准备得这么齐全啊？你好像成了一个解谜人了。"

副教授接过纸张扫了一眼后，向我问道："出场人物一览表的开头有个'X=侦探'，他是什么时候以什么方式出场的？性别是？"

"性别男，年龄在三十到三十五岁之间，某种程度上可以把他理解成传说中的私家侦探就好了。他不想让人看到他的相貌，总是戴着一副黑色墨镜，那是他的显著特征，此外体格结实健壮。"

"我不知道还有这样的私家侦探，我就不揣测他是谁了，他也是受邀来访者之一吗？"

"是呀，主人J也邀请了他，于是他在23日黄昏来到这座宅邸。表面上，J称以前在一次接受调查的过程中自己受过他的关照，所以为了表达谢意而邀请他。实际上则另有内情。"

"真是谜一样的出场人物，他不会是麻将团的成员吧？"

"不是。他不会打麻将。其实，事件发生后，J对警部交底说，其实她想让侦探用他的眼光去观察一下女婿候选人的言行举止，看看谁最优秀。让私家侦探去做这件事可谓不按常理出牌，J相信侦探的能力。事件发生时，那里幸亏有X在。"

说着说着，讲述者换成了我，虽然有些麻烦，但片桐说话时我坐在旁边也有些无聊。编辑卸下重担后稍微松了一口气，露出轻松的神情。

"你们一直在说事件、事件的，难道是在平安夜里那座宅子里发生了骇人听闻的杀人案，是吗？在大侦探和警部都在场的情况下发生了杀人案？"

我催促火村快看现场草图。

"最下方，就是南面，是正房。正房的北面有圆形的庭院，东西北方向是山间小屋风格的独立建筑，样式都一致，用于留宿客人。每栋房屋都被起了一个煞有介事的名字。"

东面的山间小屋叫米迦勒。

西面的山间小屋叫拉斐尔。

南面的正房叫乌列。

北面的山间小屋叫加百利。

"看来用的是《约翰启示录》中四位天使的名字，他们把从大地四方吹来的风给镇住，所以这里叫'四风山庄'。"

火村苦笑："别说得那么一本正经了。实际上是这里的主人想到麻将中的四风牌，才这样幽默地命名吧。"

"噢，老师马上开始推理了，而且猜对了。"片桐欣喜不已，"虽然这只是微不足道的细枝末节，正是想到麻将中的四风牌，才把J的宅邸称作四风山庄。啊，我声明一下，这是我自己这样叫的，原来并不叫这个名字。这个宅邸以前的主人是一位著名歌剧演唱家，当时叫'四季山庄'，四栋建筑分别代表春、夏、秋、冬，四季山庄一名源自维瓦尔的协奏曲《四季》，该协奏曲演绎了一年四季中不同季节的风。"

我清了一下嗓子继续说："大致就是这样，我就不说什么米迦勒还是拉斐尔的都是怎么回事了，说多了我觉得不好意思，只说明一下各个建筑的方位。"

"圆形的庭院是什么样的？"

"像个空旷的广场，直径约十五米，中央有一个底座是四方形的小雕像，雕像是铝制的，像 DNA 一样呈双重螺旋形状，这可不是造型艺术家 B 的作品。当歌剧演唱家还是这栋宅邸的主人时，包含底座在内高约一米的这座雕像仿佛旋涡一样在一圈圈地旋转，不过现在已经停转了。"

"四栋建筑物之间有围墙吧？"

"那是为了保护个人隐私，以便让人觉得安心。因为宅邸坐落在深山里，来客都要住在这里，所以这座宅邸从前的主人歌剧演唱家为客人建造了这些独立小屋。"

"既然你们给了我这张草图，那么应该是图中的某间小屋里发生了杀人事件吧？"

"你说对了，惨案现场是在加百利。"

"你不是说给我说明一下方位吗？加百利是……北面的那间小屋。惨案是出场人物一览表里的人都出现之后才发生的吧？"

"你又说对了，被杀的是 A 和 B，A 胸部被刀刺中，B 头部受到殴打后喉咙被刺。"

这个回答好像出乎火村的意料之外。

"我还在想谁是被害人呢，没想到一下子有两个人被杀。这起事件真是闻所未闻，这是在何时何地发生的事？"

听到火村的问话，片桐装腔作势般地伸出右臂，双目圆睁，摆出一副歌舞伎演员的架势回答说："嗯……这不能说。只能告诉您这件事发生在数年前，在一个偏僻的乡下，要是您想问得更多，恕我失礼，无可奉告。"

"这是在日本发生的事吧？"

"是的，是在日本。前珠宝设计师在圣诞节邀请客人和花道宗主的儿子们一起打麻将，这就表明是典型的日本风格。"

哪里像日本风格了？

"一开始，片桐说现场的情况让人觉得无法理解，那是什么样的情况？"

"在北面的小屋发现尸体时，圆形庭院内有一层薄薄的积雪，是能留下脚印的积雪。凶手作案是在雪停了以后进行的，可是凶手却没留下脚印就离开现场了，这令人想不通。"

由于我和火村以前曾多次遇到过这种情况，所以副教授一点儿也不感到惊奇。

"原来如此，没有留下脚印吗？不过，这次的事件我没法去现场做实地勘查啊！"

"别说这种废话了，这起杀人案是在几年前的冬天发生的，现场不可能存有脚印了。"

"这是当然了。我的意思不是要看雪地里的脚印，我想看的是案发现场的小屋以及庭院。要是有照片或实测图就好了，没有也没办法。"

"对不起。"片桐又开始道歉。

于是，我又清了清嗓子说："雪地上并非一点儿脚印也没有留下。有脚印从南面的正房通往东面的独立小屋，还有脚印从东面通往北面的独立小屋。不过积雪只有几厘米厚，根本无法判断鞋子的品牌型号。把刚才给你的草图借我看一下。"

图上画出了可疑的足迹（参见图一）。

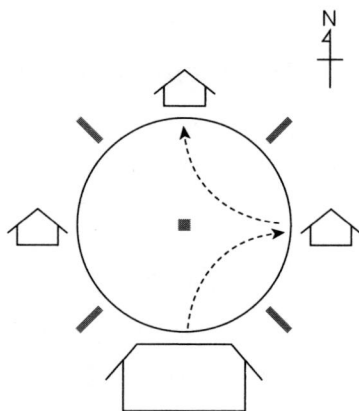

图一

"就是图中的这种感觉吧。顺便提一下，主人把留宿的客人们的房间安排如下：A 在北面的小屋、B 在东面的小屋、C 在西面的小屋，警部和侦探 X 住在南面正房的二楼。"

火村仔细端详着画有脚印的草图。

"这样看起来像是 B 到了自己房间后又去拜访 A。实际是什么情况？"

"不清楚。案发前，A 感觉身体不舒服，好像一直待在北面的小屋里，我们不清楚 B 在干什么，案发前不久他在正房内，但是正房里的人打了两圈麻将期间，他起身离开，不知道去哪儿了。"

"你把每个人的动向按照时间顺序说明一下。"

片桐把一张纸从旁边递给我，上面写有这位能干的编辑总结的要点事项。我边看边说："平安夜那天的傍晚 5 点，天空阴云密布，少爷 C 驾车抵达宅邸。天色这时已经彻底变暗，主人和女儿们亲自去迎接他，与其他客人打了招呼后，他被带到西面的小屋。稍事歇息后，他于 5 点 40 分来到正房，这时全体成员都在那里。此时，外面开始飘起零星的雪花，不久就大雪纷飞。"

"这些人里，谁和谁之间原本是认识的？"

我在脑海里努力回想。

"A 和 B 以前也受邀参加过 J 的庆生会，当时是坐在一起的，之后他们意气相投，还一起去游玩过。C 是在一次花道展会上和 J 的长女 D 相识的，时间并不长，认识他的只有长女 D。C 和 J 也是第一次见面。"

火村听了说："如果只是这种程度上的关系，发展成杀人事件让人觉得不可思议，如果是为争当女婿的 C 想除掉另外两名竞争者，那从动机上讲还说得过去。不过这个假设不能证实。这三男两女中，各自都有意中人吗？"

"嗯……我不太清楚。"我老老实实地说，"长女 D 中意 A 和 C，次女 E 中意 B，不过都没达到狂热的程度。A 有一次不小心对 C 说漏了嘴：'我无论和 J 的哪个女儿结婚都有极大的好处。'这是案发后 C 告诉大家的，是真是假已经无法判断。A 已经死了，他已经无法开口反驳了。"

"J 不光是个成功的设计师，由于亡夫是资本家，她还继承了巨额财产，要想娶她的女儿就得当入赘女婿。三名男子虽然并不穷，但都极其贪财。而警部的座右铭是'质实刚健'，在他的眼中，看到这样的三个人令他极不愉快。

"6 点时晚宴提前开始了，来客们享用精心烹制的料理，畅饮美酒。顺便提一下，主人平时不习惯无关的人介入自己的生活，所以在四凤山庄里既没有女仆，也没有司机。全部家事都是由 J 和长女 D 来做。在她们觉得有必要时，庭院整理和大扫除等事项会临时请人来做。

"晚宴在融洽的气氛中进行着，8 点时结束了。大家正在吃甜食时，A 说：'我觉得身体有些不舒服，回去稍微休息一下应该就没事了，要是身体恢复了我就回来。'于是他自己去了北面的小屋。这时，窗外的雪正纷纷扬扬地下着，送他到后门的 D 和警部目睹了雪景。

"然后大家在正房内打起麻将，主人 J、造型艺术家 B、少爷 C 以及警部围桌而坐。侦探 X 与 J 的两位女儿一边观战，一边开着玩笑活跃气氛。打了半庄后，B 退场，长女 D 接上去打。又打了半庄，C 退场，次女 E 接上。打完麻将，已经是 10 点半，E 提议说要不要休息一下喝喝茶。这时，大家注意到 B 不见了——9 点一过，他去吸烟室吸烟后就再也不见踪影。"

火村记下 B 出去的时间。

"这时，大家也担心起去了北面小屋后一直没回来的 A，于是警部和侦探 X 就去看他怎么样了。那时正是 10 点 40 分，外面的雪不知道什么时候已经停了，浮云间出现一轮明月。走进庭院的两人看到在月色映照下闪耀着银辉的积雪上有一些脚印，就是刚才那个草图上画着的脚印。

"二人想当然地以为 B 回到房间后又去拜访 A，于是就穿过庭院向北面的小屋走去。敲门后，没人应答，于是警部说：'我要开门了。'结果推开门一看，A 和 B 都死了。地板上满是鲜血，现场惨不忍睹。为慎重起见，警部检查了死者的瞳孔，发现已经完全放大了。二人返回正房，想报警，却发现做不到。

"让人意想不到的事发生了——电话线不知什么时候已经被切断了，由于四凤山庄地处偏僻，手机信号无法覆盖，不得已，警部打算开 C 的车下山。

"不料车子发动不起来，不仅是 C 的车，所有车辆的油箱内都被放入了沙子，无法运转。在夜晚也无法步行下山，四凤山庄由此化身为陆地上的孤岛。"

火村想说什么，却又强忍着噤口不言，似乎他已经觉察到了什么。

"这一切只能是凶手干的。C 于是说这里有一个杀人恶魔，可能还会把杀人的屠刀对准其他人，于是大家集体陷入恐慌。更可怕的是，没有凶手从外部潜入的痕迹，也就是说，山庄中有一个人是杀人恶魔。"

"可是……"火村说，"万幸的是，那名传说中的大侦探这时正巧在场。"

"确实如您所说。"片桐插了一句，而我则很想把事情的真相适当地对火村说明一下。

"警部和 X 进入保护好的现场，进行调查取证。正当警部要维护警察威信发挥主导作用时，X 却先发制人，准确地掌握了现场的情况。已知的情况是，首先 A 被刺中胸部死亡，B 好像在其后死亡。两次行凶之间的时间差是多长，无法判断。对现场进行调查取证较迟这一点对凶手非常有利，因为这样一来很难推断出死亡时间。"

"凶器呢？"

"握在 A 的右手里。最初警部和 X 以为是 A 和 B 之间发生了激烈的打斗后双双死亡，但当警部发现了不合情理的痕迹后，就确定这是一起杀人案。"

"X 和警部是要进行破案竞赛吗？顺便说一句，虽然不清楚案发时间，但在某种程度上可以做一个时间上的限定吧？"

"因为不清楚 8 点左右一去不归的 A 之后的行动，警部和 X 都只能推测他被杀的时间大致在 8 点半到 9 点半之间。B 如方才所说在 9 点离开麻将桌，去吸烟室吸烟后就再也没有人看到过他，他的死亡推定时刻大致在 9 点到 9 点半之间。问题在于这个时间段里，众人有没有不在现场的证据，这一点现在并不清楚。B 离开后，一直在打麻将的 J 和 D 以及警部虽然看似不可能行凶，但是 9 点一过、打完半庄后有一个短暂的休息时间，他们可以利用这个时间火速赶往北面的小屋行凶并返回。"

"你也不在场，怎么能如此言之凿凿呢？"

"只要你仔细观察各种现象，就能抓住信息所要传达的重点。相信我吧。"

"重点……嗯，那你把雪是什么时候停的也告诉我一下吧。"

我看着片桐写的笔记说："雪在 8 点开始下大了，10 点 40 分警部和侦探 X 出去看的时候雪已经停了，但是他们并不清楚是什么时候停的，打麻将的房间挂着窗帘，因此谁也没有注意到雪的情形。"

我的话音刚落，火村立刻问道："就这些吗？"

"事件的情况大体就是如此。E 怯生生地说：'凶手像个透明人。'凶手的脚印清晰地留在雪地上，但是大家却看不到他在哪里。所以 E 说：'凶手现在可能正躲在现场的一角屏住呼吸，一定是打算等雪融化后脚印一消失他就逃走。'为了让她明白并没有透明人，在场的男人们手牵手排成一行对现场进行了地毯式搜索。"

　　我一想到他们手牵手搜索的那个画面就想笑。

　　"另外，还有这么一件事，是在案发的前一天发生的，到现在也不清楚是什么意思。晚饭后，A 讲了一件怪事。

　　"黄昏的时候，A 和两位小姐说着话正要返回房间，看到从正房到北面的独立小屋之间有一连串的脚印，就是这个样子。"

　　我把画在手册上的图给火村看（参照图二），虽然脚印的方向是一直向前走的，但是有点儿信步而行的感觉，足迹弯弯曲曲的。

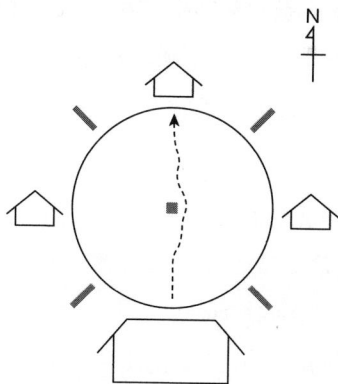

图二

　　"A 去正房的时候，雪正下个不停。那脚印是雪停后有个人打算去拜访他时留下的，但是只有来时的脚印，却没有返回的脚印。A觉得很惊讶：那个人是不是太随便了？这么随意就打开房门走进别人的房间吗？A推开门一看，里面却空无一人。先不说这一点，单论脚印是什么人在什么时候以及怎么留下的，根本搞不清楚。刚开始A还觉得惊讶，渐渐地就越想越觉得害怕起来。"

"在那之后A怎么了？"

"A回到正房后把这一切告诉众人，却只是对牛弹琴，大家都丈二和尚摸不着头脑，大体都是'哎呀，这是这么回事呀？我觉得这事儿有些神秘呢'之类的冷淡反应。突然露面的X也只是说：'你是不是哪里搞错了？'"

"A被杀后，有人怀疑是和前一天的神秘事件有关，不过却不明白这到底是怎么一回事。E一个劲儿地嚷嚷：'哎呀，果然有透明人呢，从昨天起他就四处转来转去的。'"

"A说的那件事绝对有某种暗示在内。"片桐说。

"我不清楚那到底是怎么回事，但事情应该还没有完，我们必须找出答案，查明真相。"我说。

火村听了之后说了一句："你们可真不得了。"

"现在你们都争先恐后地把不可思议的谜团推给我，可是靠这么一点儿有限的信息就想让我去解答'是什么人为了什么以及如何把人杀死的'这个问题吗？"

"抱歉，绝无此意。"片桐看起来已经吓得缩成一团、可怜兮兮的。

我："那就恕我直言，给你一个有诚意的提示吧，凶手好像个男人。"

火村："这是怎么回事？现场有证据能证明凶手的性别？"

我："不，不是这么回事，是那个侦探指出了凶手的性别。"

火村："那么你知道凶手是谁了？"

我："不知道。"

火村的表情变得冷峻起来："那么有谁会从 A 和 B 的死亡中受益呢？"

我："我可不知道，总之不要去考虑凶手的杀人动机，先只管推理吧。"

副教授把我给他的草图揉成一团做出要扔向窗外的架势，这是他对某事产生狂热兴趣时常有的举动。

"你不知道凶手是谁，也没有显示性别的证据，仅凭戴着墨镜的私家侦探说了一句'凶手是个男人'，你就不假思索地接受，有这样逻辑混乱的讲法吗？"

"不是，侦探没有说过'凶手是个男人'这句话，他只是指出。"

"快给我从实招来吧！"

"招什么？"

面对怒气冲冲的副教授，我吓了一跳，身子不禁向后仰去。

"你们絮絮叨叨地说了半天，听起来却像是推理小说的梗概，甚至还拿来了一张随意画的草图。就算电话线被切断，车子也发动不了，但是只要过段时间山庄里的人就能去报警吧？之后警方就会进行验尸和解剖，继而得出准确的结论。但是你们却没有给我提供这样的信息。还说什么不用考虑动机，你们没有证据却知道凶手是个男人，尽是一些在真实的案件中不可能发生的事。在你们讲这件事的过程中，我就觉得奇怪，现在我的忍耐已经到了极限。赶紧把你们搞的鬼把戏从实招来，快说！"

"好，我说。"

片桐投降了。

3

　　既然已被火村看出这件事像是推理小说的梗概，那就只好都告诉他吧。他说得没错，片桐和我讲述的是里中泰成的遗稿里写的故事，无论怎么看都是推理小说的草稿。

　　"虽然里中还没有定稿，这篇推理小说却有一个暂定的标题，叫《大前田星碎的推理——四风山庄杀人事件》，大前田星碎是侦探 X 的名字。"

　　"星碎"这个名字是从里中的代表作《破碎的星星》中截取的。整体看来是个开玩笑的名字，但把姓和名倒过来念就变成"星碎大前田"，意思就是"犯人就是你"。①

——————————

　　①　"星碎大前田"日文即"ホシはすまえた"，与"犯人就是你"的日文假名相同。

"这可是我们挖掘出来的一件宝贝。"

作为社会常识，火村知道里中泰成是一位著名作家。关于里中留下的这本遗稿有什么特殊意义，片桐恳切地向火村解释着，他是一位职业编辑，自然不会说错。但是，对小说——特别是对推理小说——毫无兴趣的火村来说，想必在他心中不能产生共鸣吧？

"所以，社会派推理小说的泰斗里中泰成先生构思了一个与他风格完全不同的本格推理作品，这对业界来说可谓一桩重大事件。花织小姐把它给我看时，我内心激动不已。遗憾的是没有完成，却有原样发表的价值。我向花织小姐请求一定要在珀友社的杂志上连载，不料却与她的意愿不符。"

"她不想让未写完的作品面世吗？"

"出版社出版作家未完成的作品这种情况并不少见，世界名著中也有这样的先例，读者并没有意识到这一点，反而不断接力读下去的作品有很多。花织小姐首先顾虑的是这是一本本格推理小说。"

"第二个顾虑是谜底还没有揭开的半成品能不能发表。"我插进来做说明。

"这当然也是理由之一，文豪查尔斯·狄更斯也有《艾德温·德鲁德之谜》这类未完成的推理小说发表。虽然是推理小说界的大师，但怎能轻易地就把里中泰成写的……失礼了，本格推理小说出版呢？还不知道他写得质量如何，是凤凰还是乌鸦呢。如果失败的话……家属们的这种心情我们是可以理解的。

"如果失败，将有损里中泰成的名誉。不过花织小姐说她暂时不打算出版这本小说还有其他原因，她纯粹从好奇心的角度想解开父亲留下的谜题，想知道答案究竟是什么。"

火村叹息起来。

"所以片桐和你就甘愿为她效劳吗？现在又把我也卷了进来。"

片桐惶恐万分，低下头去。

"火村老师向来与推理小说界无缘，我却提此不情之请，深感抱歉。我们并不是抱着要做生意的念头去讨花织小姐的欢心，而是体会到了花织小姐的心情，想要为她找出问题的答案。在某种情况下，有可能忍痛割爱不出版这部作品。"

"在某种情况下？"

"就是在花织小姐不希望出版的情况下。里中先生对本格推理呈严厉批判的态度，曾批判说'本格推理不属于智慧灵光的闪现，是儿戏之作泛滥'。他的这种乖僻性情在现今也是少有的。正因为如此，花织小姐对里中先生私下构思本格推理小说、还执笔写了一部分的做法感到非常困惑。如果作品是成功的，那么将是里中泰成理解本格推理的证据，如果不成功，将变得非常可笑，于是她犹豫不决。"

"原来如此。"

火村站起来走向房间的一角，片桐的目光追随着他的背影。

"突然就开始谈话，也没有给你们倒茶，失礼了。这件事我们慢慢聊吧。"

他给我们倒了咖啡。由于也没有什么事情好隐瞒了，我和片桐放松地品尝着咖啡，是那种常见的速溶咖啡，味道很好。

"我想让解决了无数难题的火村英生老师来帮我们揭开谜底，说实话是非常难为情的，但是无论如何想借用一下您的智慧。我们说了无聊的谎话，让您不愉快了，请见谅。"

火村抽着骆驼牌香烟，大方地摇着头。

"没关系，是我事先没问意图，就准备在尽可能的范围内协助你们。是有栖川让你说那个无聊的谎话的吧？"

"是的。"片桐老实交代，"我当时希望能与火村老师商议一下这篇小说接下来该怎么写。我说：'要是让火村老师去推测一下这部没写完的小说的结尾，可能他会拒绝吧？'有栖川先生说：'你要把它当成真实的事件说给他听才行啊。'啊，我可没有想把责任推卸给有栖川先生的意思呀。"

"你现在不就是在推卸责任吗？"算了，我就不和片桐计较了，"总之，再拜托你一次，帮忙揭开谜底吧？"

火村叼着烟，凝视着画有脚印的那两张草图。

"上船容易下船难。算了，我就陪你们到最后吧。"

片桐大喜，一双大眼睛睁得更大了，连"这是出于对我们的友爱之情吧"这种夸张的话都说出了口。

"不过，一说出来心里就轻松多了。我要是在一开始就这么开门见山就好了，这样一来，就可以直接叙述而无须做摘要了，还可以把里中先生写的作品让火村老师读一下。果然不能说谎啊。"

说着，编辑从皮包里拿出复印好的一叠文件。的确，如果想要知道推理小说的答案，不读小说原文是不妥的。从火村立刻伸手去接的动作就可以看出他很有兴趣。

"怪事，明明知道这个事件只是虚构的，我却很想知道真相。"

这可不是怪事，正因为人类有这种好奇的天性，才会有推理作家这个职业，我才能养家糊口。

"这部小说是写在笔记本上的，如果用草稿纸去估算的话，大约相当于八十张左右，之后就戛然而止，作者没有写完。"

听到片桐这么说，火村翻开复印件的最后一页，里面有一半篇幅是空白的。

"作者在构思过程中暂时搁笔后就成了这个样子了吗？还是因为健康上的原因无法再写了？"

"里中先生常常一时兴起在笔记本上写下小说的大纲。这篇小说是在什么时候写的以及是什么时候搁笔的，我们已经无从知晓了。不过，这肯定不是几十年前写的，要么是在三年前，要么是在去世前不久……"

从作品中出现手机来看，这不会是几十年前写的东西。里中泰成在大约十年前就抱着极大的热情开始贬斥本格推理了。如果他在那时就写出这篇《大前田星碎的推理》，他将是一个有着多重人格的人。而现在我才注意到，这位权威虽然对本格推理的新作抱着这也不行、那也不对的态度百般挑剔、横加指责，但是相应的，他其实也不厌其烦地通读过这些作品。

"您读一下就会明白，虽然是以小说的形式来呈现这个故事，用里中先生以前的作品来衡量的话，这一篇的细节描写就非常稀少，怎么看都是一篇草稿。他是打算将它的篇幅扩充至两倍、三倍或是五倍、六倍，最后发展成为一部长篇小说，现在我们已经无从知晓了。我和有栖川先生觉得这个题材比较适合长篇。"

"遗稿只有大约八十页的篇幅，从编辑的直觉来看，你觉得之后的进展还应该写多少？"

"唔……剩下不到一半了。对吧，有栖川先生。"

我点头表示赞同："从推理作家的直觉去看，充其量还有一半吧，并不会是一部规模宏大的作品，因为出场人物比较少，作品的时间跨度也很短，警察赶到四凤山庄之前，事件就会得到解决。"

"这部作品并没有写完，你怎么会知道在警察赶到之前事件就会解决呢？"

"啊，一看便知，小说在开头部分就出现了最后一幕的场景，采用了倒叙的形式，作者把有紧迫感的场面放在了前面。登场人物中，侦探是大前田，警部是小佐野。你读读看吧。"

火村已经开始读起来了。

4

大前田星碎的推理
——四风山庄杀人事件（暂定名）

所有的谜团都揭开了谜底。

现在，我们眼中的乌云已经散去，一眼可以看穿一切。忏悔、感恩、赎罪、重生，平安夜里的安魂曲——"天赐恩宠"仿佛就是这一切的最好写照。

一切都有赖于大前田星碎的卓越推理。

啊，可是——

"想死就上前来。"

他的手里握着一把乌黑锃亮的手枪，我们的眼睛像被胶水牢牢粘住一样紧盯着枪口，我们已经无法向前，连一步也迈不出去了。

"小佐野警部，多亏了你，我度过了一个有意义的圣诞节，对我来说这是一生中最美好的回忆。我们不会再见面了吧？如果下次在熙熙攘攘的街上与你擦肩而过，请你装作没看到我吧。"

我岂能让他如愿？

我咬牙忍受着屈辱，眼睁睁地看着这个杀人恶魔就要逃走了，本来扑过去就能抓住他的。真是失策，没想到他连枪都准备好了。

"那么，各位，再见了。如果你们有想象力，就好好体会一下我饱尝过的痛苦，想想我蛰伏在地狱里的那些日子……"

他的眼角好像有什么在闪着光，我正这样想的时候，突然枪口发出怒吼，天花板的吊灯被击碎了。

陷入黑暗中的我们发出惨叫，痛苦地呻吟着。

第二声枪响的瞬间，我大喊一声"卧倒"就跃向地面。

向我们袭来的不是子弹，而是刺骨般的寒风，我们的脸颊已被冻僵。这是从地狱刮来的风吗？

法式窗户大开。

他逃往庭院。

必须追上他，我正准备站起来，一个人影宛如闪电从我身旁掠过。

那是大前田。

这位本领非凡的侦探手里拿着什么东西向庭院飞奔而去。

那团黑影，正在风中跃动。

突然，传来"咚"的一声，有什么东西在哪里倒下了。

当我跑到庭院时，看到泥泞的雪地上躺着一个黑影，另外一个黑影正压在他上面，黑影的身旁滚动着一个酒瓶，那是我参加这次圣诞晚宴带来的葡萄酒。

看来我已经没有上前帮忙的必要了。

身手敏捷的侦探早已干脆利落地把凶手的右臂反扭到背后，使他无法再做抵抗。

"太好了。"

侦探扭头看向跑到跟前的我，他的墨镜已经在搏斗中掉落，露出了本来面目。他的眼神令人觉得异常亲切，和蔼的笑意在他的脸上泛起。

他指着压在身下的凶手对我说："这是连续对决后的战利品，我把他当作一个难得的礼物送给你，小佐野警部。"

"你送的礼物可不便宜呀，为了抓住他，你可是大费周章。"

他听到我的话之后，粲然一笑。

我也起到了类似华生的那种作用吧。

侦探，不，是大侦探，向我伸出右手，我备感荣幸，紧紧地握住了他的手。

大前田与小佐野事件簿的第一页所记载的事件就这样落下了帷幕。

5

　　从文中最后一句话里可以看出，里中想要构思一个大侦探大前田星碎与小佐野警部大显身手的系列故事。

　　另外，里中的这段文章中还有一处也值得注意，这位权威向来以厌恶本格推理作品而闻名，可是在他的这部未完成的作品中，第一人称的"我"不是与本格推理的象征性人物大侦探高兴地握手了吗？看来我们都被他骗了，权威果然还是对本格推理抱有一种复杂的感情，也许这就是爱吧？

　　闲言少叙。

　　"只有这些吗？"

　　火村扫兴地问。

　　"是，只有这些。"我回应道，"在这草草收场的结局里安插了几段暗示真相的描述。第一，犯人是男性。手稿中清楚地写明了'他'。第二，动机是强烈的怨恨。可能背后隐藏着什么由来已久的原因吧。里中泰成一向对这种写法呈批判性态度，可是这次他却开动脑筋做了加工。第三，侦探和警部不是凶手。"

火村给自己倒了第二杯咖啡后，这位副教授发起了牢骚。

"要是这样，那凶手的身份不是很明显吗？连还没学过九九乘法表的小孩一想都会明白。这个故事里出场的有五个男人，其中有两个被杀了，剩下的三人中如果侦探和警部是清白的，第三名男子自然就是凶手。就是你们给我看的出场人物一览表中的C，这有什么疑问吗？"

片桐也说过和火村相同的意见。

"如果这就是正解，那就太简单了，感觉应该还有什么圈套在里面吧？"

"里中泰成是这类小说的门外汉，以你的眼光来看这是杜撰。"

"就算他是门外汉也是推理小说的权威，对本格推理有自己的主张。你可不要小看他。"

"可能还有没出场的人物。"

"不会的。如果有什么男子F或者G在凶案发生时不在四凤山庄，在事件解决之前又突然冒出来，假设是这种设定的话，那就太不公平了，根本就不像推理小说了，精神净化的功能也会大为减少。"

"精神净化？普通的犯罪调查中完全不会考虑这种因素的。"

说得对，火村在协助警察进行调查时，可不会说什么"不不，这个凶手很乏味"之类的话。

"而且，假设 C 就是真凶，如果不能解释他是怎么做到从正房到杀人现场之间来回穿行却没有留下脚印，那么事件就解决不了。"

片桐语气柔和地说："大体上看一下就可以，您能继续读下去吗？由于不是真实的事件，不用太仔细去看。"

火村挠着头，用手指敲着我画的草图。

"我会仔细读的。我想，脚印之谜用不着烦恼。你们看这张图，像广场一样的圆形庭院中央立着一个高约一米的雕像，似乎在暗示着什么。把这个利用一下，从正房到凶案现场用绳索过去，就可以不在地面留下脚印了，这样不就解决了吗？圆形庭院的直径大致十五米，正房和雕像、雕像和独立小屋之间只有七八米的距离，用绳索过去应该可以做到。"

他在说什么呢？就算人们不知道里中泰成在写本格推理小说方面究竟有几分斤两，他也不至于使用如此简易的设定。虽然我不知道事件的正解到底是什么，但还是毫不犹豫地驳斥了他的这个想法。

"里中先生会在荒草丛中哭泣的，如果脚印之谜采用这种策略的话，一定会安排一些伏笔，可是现在什么也没有。"

"因为他没有写完，所以不能保证伏笔都聚齐，此外还有另外一个脚印之谜有待我们去解决。"

事发前一天，青年实业家 A 目睹到一桩怪事，一行脚印一直延伸到他住的北面小屋，可是却看不到脚印的主人。这件事一定与第二天发生的不留脚印的杀人事件有某种关联。

“啊，快继续看下去。”

火村又叼起一根新的骆驼牌香烟说道："知道了。"

“我会熟读的。片桐先生，你们去散步吧。后面不远处有座叫相国寺的名刹，再也没有比那更适合散步的地方了。”

那是他喜欢的散步路线，确实是一处幽静又怡人的所在。我在学生时代也常去那里散步。

“是呀，我们要是在桌子前坐着会让您走神吧。那么就听您的建议，我们去散步了。有栖川先生，走吧走吧。”

我被片桐推了一把。

6

一小时后，我们返回研究室。开门后，火村正伏案摆弄着什么。是速溶咖啡罐的圆形瓶盖儿。也许他早就找到答案了，现在正觉得无聊呢。

"怎么样了？"

片桐这样询问后，副教授一言不发，只是指了指椅子，意思是他有话要说，快坐下吧。他的桌面上放着成摞的复印文件，处处贴着便签条。

"我找出了符合我思路的解答方案，虽然有些随心所欲，总之能让片桐先生理解就可以了吧？"

编辑急忙点头。

"是的，如果能达到这个效果，我们就可以向花织小姐汇报了。

究竟火村老师是怎么推理的呢？我现在的心情真是非常兴奋。"

我也想快点儿知道他是怎么解答的，不过，他看起来神情举止和平日不同，好像心境很复杂。火村现在仿佛成了在现场作法、为里中泰成通灵的巫师一样。

"我精读了一遍，没有发现具有决定性的重大线索。尽管如此，作者究竟准备了什么样的答案，我还是找到了方向。"

他一边这样说着，一边用两手摆弄着手中的瓶盖儿。我很想说："你又不是小孩儿，玩这个干什么，快停下吧。"

"不过，我只是在某种程度上发现了方向，真相则被里中带到坟墓里去了。真正的结局可能惊天动地，我们根本无法想象。"

"开场白就到此为止吧。"我焦急起来，"行了，干脆先说说谁是凶手吧。"

火村不再摆弄手中的瓶盖儿，把它轻轻地放到桌子上。

"这篇未写完的小说，从最后一幕开始，然后才是第一章，这种布局非同寻常，是一种先把真相对读者耳语一番的写作方法。凶手是个男人，如果不是大前田星碎，也不是小佐野警部，那么出场人物中还剩下一个男人，就是在作品中被命名为高塚岭次郎的 C。可是这么轻松就能让人猜到的话，那就不是推理小说了，读者享受的是在搞不清谁是凶手的情况下进行推理的过程。"

"对啊，就是这样。如果不是大前田也不是小佐野，那么就只有高塚岭是出场人物中剩下的男人。虽然男扮女装这种设定在推理小说中也有，在这部作品中，却并非如此。作品中的剧情解说人是小佐野，他不可能产生错觉把 J 和她的两个女儿看成男人。"

"那么，高塚岭果然是凶手……"片桐嘀咕起来，"如果这样的话，如此构思就失去了意义。可是，大前田和小佐野最后制服了凶手。"

"这怎么可能，你可别说被杀的两个人中不知哪个还活着，作品已经明确地表明他们都死了。"

"啊，那两个人都死了的话，就需要再找一个作品中没写过的男人出场了。"

"这是胆怯的想法，在推理小说中要寻找谁是凶手，读者一般都期待真凶及早登场。就算在起始部分没必要马上亮相，在事件发生时如果还不出场就会让人很困惑。况且这部作品中描写的案发现场是相对独立的。"

"如果作家让凶手在事件发生时不露面是一种胆怯的做法，那么，满足条件的凶手却正好就在那里。"

"什么意思？有一个一直存在却从没被读者注意过的、比偶人娃娃还要沉默寡言的管家？你是说里中使用了这种写法？"

"他的出场是引人注目的。"

"他的名字是？"

"不知道。小说里没有写。但是他用的假名字我可以告诉你，是大前田星碎。"

大前田是冒牌的？我根本没想过要怀疑他！

"有明显的证据表明大前田是冒牌货吗？"

"没有吧。不凑巧，由于谁也没有见过真正的大前田，假如那名自称是侦探的戴墨镜的男子是假冒的话，就能理解作者为什

114

么特意把他安排在小说的开头出场了吧？他的目的是要让读者误以为大前田是一名大侦探，是能找出谁是凶手的人。使用'连续对决'一词是要散布假象，设置一个陷阱，让人误以为是两人联手努力去解决事件，并不仅仅是警部带来的葡萄酒瓶在打倒凶手时发挥了作用。"

"嗯……"

我把手抵在额头上，思考这一假设是否妥当。原来如此，但如此这般把结尾放在起始部分的意义是什么？自称大侦探的人是冒牌货，这一点也是个陷阱吧？剧情解说人小佐野警部在受骗期间，也只好把他称为大前田。逮捕凶手后，如果在第一章里用回忆的方式"我想起了三天前的事"作为开头部分去展开以后，那么把大前田设定为冒牌货就是不公平的。但并非如此。

"去问真凶本人会在何时何地出现是没有用处的。在根本没写的那部分里他该怎么出场呢？"

"有可能是因为某种缘故凶手和真正的侦探做了替换。凶手知道主人 J 邀请了大前田侦探这件事，但是主人并没有见过真正的侦探还有凶手，所以替换是可以成立的。"

片桐开口说："你是说在杀人现场摆出一副侦探架势的大前田星碎是冒牌货吗？原来如此，这很像推理小说的风格，'大前田星碎的推理'这个标题也是里中为了虚张声势而起的吧？由于侦探的名字在小说的前半部分出现过，这个以侦探的名义进行各种活动的人物于是被从犯罪嫌疑人的名单上抹去了。但是如果是 X 假冒大前田，那他就是杀人案中的凶手吧？如果仅仅因为 X 是冒牌货，就在情节设计上让他轻而易举地被打败，那么……"

我接住片桐的话继续说："凶手伪装成侦探的身份，能让那些被害人对他深信不疑，而且他也能凭借这个身份在案发后干扰调查，让调查偏离正确的方向。他不在现场的证据也并非完美，但是，就算他伪装成大侦探，也无法不留痕迹地在正房和独立小屋之间穿行。所以应该还有什么圈套吧？"

火村打开附带便签的页面，那是第一章第二节，是小佐野抵达四风山庄，与 B 进行闲聊的场面——

"这座雕像在设计上是打算模仿 DNA 的双重螺旋吧？太司空见惯了，而且最后一道工序也制作得比较粗糙，如果是我，我会制作出相当精美的作品。"

造型艺术家对庭院中央的那座雕像的设计吹毛求疵，一副充满自信的口吻。

"自从这座宅邸建好那天起就有这个雕像了。过去，这个雕像的转动方式是呈螺旋状旋转，仔细观察，会发现雕像是被紧固在底座上，到底安装了什么机关呢？女主人好像也不清楚。"

长发艺术家没有兴趣听我的话，打了个哈欠，自夸似的说他因为太忙导致睡眠不足。

"聪明的读者应该已经注意到这一段有关雕像的描写了吧？如今已经停止转动的雕像，在过去是呈螺旋状旋转的。为什么现在不转了呢？难道是坏了吗？小佐野警部对雕像的转动方式很好奇，想知道是安装了什么机关才能转动。但是只从表面看是无法了解雕像是怎么转起来的。雕像被固定在底座上的话，似乎无法旋转。但是在以前，雕像虽然也是被固定在底座上，却是可以转动的。"

"你没有见过实物，就能这样说吗？"

我稍微质疑了火村一下。

"由于小说给出的信息量有限，我只好自己找答案。固定在底座上的两层螺旋状雕像如果是呈螺旋状旋转的话，这不是雕像本身在转动，而只能是承载底座的地面在旋转。被四个建筑物包围的圆形庭院一定也可以转动吧？就像旋转木马一样转动，或是像记录歌剧演唱家歌声的唱片或 CD 那样旋转。"

"圆形的庭院像唱片那样旋转？"我发挥起想象力，"这在技术上不难做到，但在个人宅邸中运用这一设计，就显得非常特别。"

今天的火村肢体语言丰富，动作夸张。听我这样一说，他把手里的什么东西用力撒了出去。

"当然了，歌剧演唱家有的是钱，里中只要在纸上挥笔写下'闻名于世的歌剧演唱家通过灌制唱片为自己带来巨额财富'就可以了。还可以这样写'他建造的壮丽公馆中有一个仿唱片造型的新颖庭院'。"

"你是说可以很轻松地建造这种庭院？"

面对片桐的询问，火村泰然自若地点头："如果你觉得把这种设计用到庭院上太可惜，那么把庭院换成圆形剧场也没关系的，只要设定一个让读者易于接受的场景即可。这是一个能够从四面八方欣赏歌剧表演的小型野外剧场，只不过用起来不那么方便，所以使用的机会不多。现在的主人对庭院里藏有机关这件事一无所知，只知道这座雕像在以前会转动。"

"可是凶手知道了这个秘密，所以他就在预谋杀人时利用了这一点？"

"庭院恐怕和旋转木马一样是向左旋转的。唱片的旋转方向则正相反，但在这篇小说里，把它设定为像旋转木马那样向左旋转比较合适。麻将也和扑克牌相反，是从左至右玩的游戏。"

庭院像旋转木马一样旋转，这一设定虽然比较离奇，但从小说中对雕像的说明来看，火村的分析可能没错。里中泰成竟然考虑到了这些吗？想到这里，我不禁大为吃惊。

"庭院可以一圈圈地旋转，这个先不讨论，但是旋转起来后会怎么样？"

"凶手就可以在不留脚印的情况下横向或者是纵向穿越有积雪的庭院。这样谜团就解开了吧？只要在庭院的一角按下电源开关，凶手就可以向东西南北方向移动，不过你不要问我电源开关在哪、动力源是什么样的，以及启动后的音量有多大，因为我也不知道。"

"……这真是一个大机关啊。"

片桐愣愣地说。

"嗯，是呀。可是凶手好像并不是为了在杀人时不留下脚印才去使用这个机关。在案发前一天进行试验时，反复考虑了一番后，他决定把杀人计划设计成在其他人看来是 B 去东面小屋取回凶器后，又来到北面小屋杀死 A。如果让庭院旋转起来，就能很好地解决脚印的问题。"

火村拿起瓶盖儿，把它当作庭院进行说明。

"第一个被杀的是 A，杀人动机设定为由于什么原因而产生怨恨就可以了。虽然我不清楚具体是怎么一回事，但是 A 却对凶手毫无戒心，反而非常信赖他。也许是他操纵 A，要求 A 在晚饭后装作身体不舒服回到小屋内等着自己。没有参加打麻将的凶手趁机向北面的小屋走去，在雪还下个不停的这段时间内，脚印不久就消失了。在他杀死 A 和 B 时，存在着这样一段时间差。"

"B 是什么时候被杀的？"

"只能说是在凶手杀死 A 时留下的脚印消失之后进行的。而且 B 的遇袭地点不是在小屋，而是在正房。"

"这是怎么知道的？"

"如果凶手把 B 带到北面小屋后再杀死他的话，就会在院子里留下两个人一起走路的脚印。然而脚印只有一个人的，这说明凶手在正房将 B 打昏后，把他搬到了北面的小屋，然后在那里杀死了他。"

"可是凶手为什么要这样做呢？ X 虽然体格健壮，但是搬动一个男人也是一件重体力劳动。"

"这还用说吗？凶手是想伪造成 A 和 B 在小屋里互相杀死对方这样一种假象。伪装成侦探的凶手是想把这一切解释为是双方在对打。可是，由于偶尔会有一双慧眼的小佐野警部正巧在场，于是凶手所做的一切不可行了，计划因而破产。他的内心一定非常懊丧，虽说只是个虚构的人物。"

火村口若悬河正说得滔滔不绝。

"等一下，天气在某种程度上虽然可以预测，但是凶手不可能知道停止下雪的准确时间，把脚印这个情节插入杀人计划中，有些奇怪。"

"就算雪不停，把杀人计划设计成在某个合适时间发现尸体就可以了，因为脚印不会那么快就消失，明白吗？悄悄溜出正房的凶手按下开关让庭院旋转起来后，走到了犯罪现场。"

"你是说他走在旋转起来的庭院里吗？"

"是的，把刚才说的机关启动后，在这种状态下从南向北走，会发生什么呢？即使他想要直走，身体也会向一侧倾斜。我刚才推测庭院和旋转木马一样是向左旋转的，凶手应该是在向左旋转的庭院里向北面走。"

副教授左手拿着瓶盖儿，慢慢把它向左转。

"然后再纠正偏离的方向，从南向北走。"

他右手拿起万能笔，从手边向上画了一条线，虽然手腕呈垂直状运动，笔迹却不断向右侧偏离。

"虽然我不知道旋转速度，这一点很重要。如果与凶手的步调一致的话，就会留下这样的脚印。有点儿像由'科里奥利力'引发的偏西风使北上的台风在接近日本列岛时向东改变路线，这被称为转向力。"

又是"科里奥利"！这是我一星期之内第二次听到这位19

世纪的法国物理学家的名字。在去位于代代木上原的里中家的途中，当我听到片桐说"这是由科里奥利力引发的产物"时，不禁怀念地想起当年在学校学过的定义，"在旋转体系中进行直线运动的质点，由于惯性的作用，有沿着原有运动方向继续运动的趋势，但是由于体系本身是旋转的，在经历了一段时间的运动之后，体系中质点的位置会有所变化，而它原有的运动方向，如果以旋转体系的视角去观察，就会发生一定程度的偏离"。总之，与旋转物体进行接触的运动物体由于惯性就会发生轨道偏离，所以，如果不加以修正，炮弹就不会命中目标。在发射导弹时要进行弹道计算，也必须把科里奥利力考虑进去。所以，在南太平洋上产生的台风，因为科里奥利力的缘故，像受到诱惑一样对准了日本列岛。

"从南向北的脚印，如同描绘了一个从南向东的轨迹。另外，在北侧小屋杀死 A 后，凶手要返回南边的正房，如果返回路线是以他来到北侧小屋的轨迹为起点的话……"

火村用左手转着瓶盖儿，再次让笔运动，于是出现了一条让我感到眼熟的轨迹。

"瞧，凶手去北边、回南面，只要像这样去做就可以巧妙地解决脚印的问题。"

"我问一下，老师。"片桐举起手，"刚才您说凶手是在案发前一天做了试验，那么 A 看到的神秘脚印就是凶手留下的吗？但是那天的脚印并不是曲线，而是呈直线从南向北延伸的。"

"在确定装置能正常运转的同时，凶手要决定到底是把杀人现场设定在北侧小屋还是东侧小屋，于是就做了那次试验。在庭院旋转时如果是从南向东走的话会如何呢？"

火村把瓶盖儿和笔递给片桐，他接过去后也做起了试验，却发现当自己打算向右侧运动的时候，由于科里奥利力的影响却在向左侧偏移，这样就会产生一条直线，脚印延续到了北侧小屋，而实际上它的主人是在向东侧小屋走去。

"啊！大体能呈一条直线。那时凶手就藏在东面的小屋里吧。所以A在北侧小屋内没有看到任何人。这就是透明人的秘密吗？"

脚印一直延续到北侧小屋，并没有返回或者向其他方向走的脚印，但是小屋里面却空无一人，觉得奇怪的A返回正房，对众人讲述这件事，却没有引起大家的关注。这时突然现身的侦探也试图淡化这件事，说："你是不是搞错了？"脚印之谜原来是这样啊。A朝正房走去时，侦探正躲在东侧小屋内，所以只有他能看到A的背影。

"我来总结一下吧，假扮成大前田星碎的X在23日实施试验后，决定选择北侧小屋作为杀害A和B的作案现场。这期间被A发现了脚印，他不免捏了一把冷汗，于是掩饰说'你是不是搞错了'。如果他不是凶手，那就是作为一名大侦探不该有的怠慢了。而且在案发当天，晚饭后，他策划先让A返回小屋，在大家开始打麻将后，他迅速在小屋和正房之间往返，先杀死了A。因为当时正下雪，庭院里无法留下往返的脚印。持刀返回正房的X接下来寻找机会打昏B，把他运到北侧小屋。这时庭院的机关在运转，所以只有从正房到作案现场之间的痕迹显露了出来，大致情况就是这样。"

　　我和片桐在相国寺一带消磨时间的时候，火村摆弄着瓶盖儿竟然推理出这么复杂的杀人过程。我想到他推理这一切的场景，不禁感到滑稽。

　　"怎么样？你们要是能理解我说的这些，我会非常高兴。"

　　"我能理解。"片桐爽快地回答，"手稿中缺少大量细节，火村老师用自己的想象补充了一些。虽然欠缺的部分仍然有很多，但是我认为与里中老师的构思已经相距不远了，非常感谢。如果把这些告诉花织小姐，想必她也会非常高兴。"

　　我也必须表态了。

　　"里中泰成老师是初次创作本格推理小说，他的拼搏精神，现在我已经了解了。但是听到这个结局，花织小姐会怎么想呢？她会采取什么行动呢？我无法预测。也许她会涌起'果然、确实……'之类的感慨吧？"

　　"确实什么？"

　　要对他说明这一点很难。

　　"确实是某种本格推理。是受到科里奥利力的影响偏离轨道的一部作品，也是体验科里奥利力带来的妙处的一部作品。可惜终究是一部未完成的小说，里中先生如果还活着，最终会把它写成什么样呢？"

　　如果那位权威在天国侧耳倾听研究室里的这番对话，会作何感想呢，是因为火村看穿一切而向他致敬呢，还是会为内幕被他揭穿而暗自气恼呢？

片桐向副教授致以最高敬意。

"火村老师不仅在现实的犯罪调查中发挥着非凡的作用,在推理小说的创作上也有卓越的才能。我作为一名编辑,是无法忽视这一点的,那个……"

他诚惶诚恐地打算开口说些什么。

"在老师百忙之中提此不情之请,我深感惶恐。闲暇之余,您可否尝试写写小说?这是我真诚的提议。以前我就期待您能撰写与犯罪学相关的著作,现在我想亲自担任您的编辑,把您和有栖川先生的作品不断销售出去。"

编辑就是应该具有这种拼搏进取的精神,即使实现的前景渺茫。

"请您别用花言巧语诓骗我,我可不会上当。"

如果再继续纠缠下去,让火村厌烦的话,那就有鸡飞蛋打之忧,片桐只好不好意思地笑着不再试图说服他。然后片桐向我问道:"有栖川先生,你刚才说得比较含蓄,本格推理作品中的科里奥利力是怎么一回事呢?"

被他问了一个如此深奥的问题,一时之间我有些不知道该如何回答。

"你亲自写一下就会明白的,里中先生应该也有过实际体会。"

我满怀对亡故权威的深切思念,这样回答他。

7

　　我把推理过程向花织做了说明后，她态度诚恳地向我表示感谢。

　　"是这样的圈套、这样的情节设置吗？啊，我心里的石头总算落下去了。非常感谢，我感觉好像和父亲进行了一次最后的对话。"

　　有这么夸张吗？

　　我不想独占功劳，于是就告诉她，是我向一位朋友请教后才得出这种结果的。于是她说："请务必向那位先生转达我的谢意。"

　　台风不知何时退去了，秋意渐浓，里中泰成留下的那部未写完的本格推理小说仍然没有出版。

　　有一次，我忽然想起这件事，就询问片桐，花织小姐在这件事上究竟有什么打算？

"她好像很难作决定啊。她可能会在情节设计上进一步下功夫，亲手完成这部作品。有栖川先生，你不是这样对她说过吗？哎？你忘了自己是怎么说的了吗？你当时是这样说的：'圆形的庭院会旋转这一设定有点儿意思，但是应该还能发挥更好的用途，里中先生也想让这个机关能发挥更完美的作用吧。'"

我确实这样说过。

"你是为了奉承花织小姐才这样说的吧？"

"我那是为了激励她呀！"

听说花织购买了一些托盘，一边旋转着托盘，一边构思着什么。

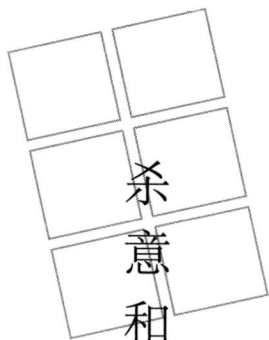

杀意和善意的对决

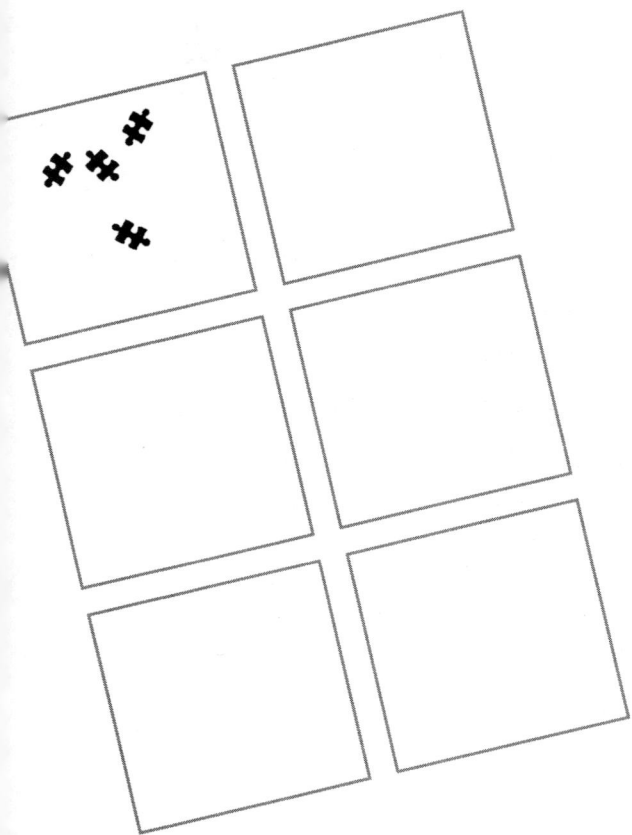

"综上所述，你不在现场的证据已经被推翻了，不仅如此，你让人做伪证也已被确认无误。也就是说，你事先就知道必须伪造一个在 2 月 1 日晚 9 点不在现场的证据。为什么你要耍这种花招呢，浦井？"火村英生的语调虽然沉稳，却透出一股震慑人的力量。如果我是杀人犯的话，想必也无法平静吧。我边这样想边去观察浦井由直的表情。这名清瘦的男子很神经质，此刻，他的额头上浮现出一层薄薄的汗珠，两手无意义地搁在桌子上交互摩擦着，这是罪犯被逼到走投无路的绝境时常有的样子。

　　"那个……就是……"

　　他理屈词穷，不知该如何回答，用手沙沙地挠着头。火村沉默着，向身旁的鲛山警部补使着眼色。仿佛在说"之后的事就拜托给你了"。

鲛山点点头，用手扶了一把眼镜框，向坐在他对面的这名男子说："浦井，你恶贯满盈的日子到头了，如果你还有什么隐瞒的，就老实坦白交代吧，把你最后的干脆劲儿拿出来给我们看看。"

浦井抬起头。

"说我恶贯满盈，让我老实交代，好像已经确认我就是凶手似的。不好意思，不是我干的。我没有怎么提到君津先生的事的确是事实，但我没杀他。我是清白的。你们有我杀人的证据吗？"

某广告公司的社长君津崇日前遇害身亡。警方怀疑是浦井由直干的，浦井因为能力不足被君津解雇了，因此心怀怨恨并杀害了他。案发是在 1 日晚 9 点左右，浦井声称自己当时正在京都市内，远离位于东成区深江桥的事发现场。虽然火村已经揭穿了他的谎言，他也无力反驳火村的推理，却好像仍然不打算认罪。

他反问："有证据吗？"警察被他的这句话搞得苦不堪言。没有人目击到浦井出入过现场，被害人饲养的迷你腊肠犬虽是伶俐的犬种，却不能开口说话。

鲛山轻轻叹息，再次招呼道："浦井先生，虽然不知是否可靠，但君津先生曾把你邀请到自己的公寓，亲自下厨给你做过饭吃，是吧？对他，你应该并不是只有憎恶的感觉吧？"

浦井闻言怯生生地说："唉，他是非常亲切的人，我被解雇是因为我的无能，有正当的理由，一切都如大家所说，所以我没有杀害君津先生的念头，也没有勒死他。现在该放了我吧？你们随意把我叫到这里，现在我可以回去了吧？"

鲛山目光冷峻，制止站起来的浦井。

"等一下，请你再稍微忍耐一下。你说你曾拜访过君津先生以前住过的 203 室，但他搬到 901 室后你一次也没去过。你不想更正一下这个说法吗？"

浦井歪着嘴角回答说："不想。"半个月前，君津换了一间宽阔的新房间，和以前住过的房间在同一个公寓。从那之后，他没有再请已被解雇的浦井吃过自己亲手做的菜。

"我说了好多次了，我没有去过他的新房间。"

我凝视着浦井，他的额头上、脸颊上有很多痘痘，可能是身体状态不好吧，但是又像隐匿在内心的邪恶情感渗出体外。

"浦井先生。"

鲛山第三次这样招呼他，是低沉的重音，像是从腹部发出来的一样。

"警方在 901 室检测出了你的指纹。"

"真愚蠢……"嫌疑人耸肩嗤笑，"停止这种下作的谎言好吗？"

"不是谎言，901 室的和室隔扇上清楚地留下了你的指纹。是右手大拇指和食指的指纹。你当时打了一个踉跄吧？你才撒了谎！"

"不可能。我没去过 901 室。你打算诬我入套吗？"

"这可是能向法庭提交的物证。"

"绝对是谎言，不可能有指纹！"

浦井好像上钩了。一直冷静的警部补渐渐兴奋起来，他面部泛红，声音也变得粗暴起来："有指纹，你给我解释一下！"

"不可能有指纹！因为我好好地戴着手套……"就像在观赏一部三流的悬疑电影，浦井马上察觉到失言，难以想象自己竟然犯下这种错误，悔恨之余大喊一声"浑蛋！"，把拳头狠狠地砸在了桌子上。现在如果他想一笑置之，掩饰说只是个玩笑，已经来不及了。

"别说什么浑蛋了！你给我老实交代！"

对鲛山的命令，他只是一句话："我拒绝回答。"

最终浦井供出了犯罪事实，与鲛山经过一番对峙后，只过了半天他就垮了。

"又解决了一件事。"

那一夜，我邀请火村到自己的房间，打算犒劳他。我打开收藏的廉价葡萄酒，赞美了他一番，他用漂亮的手法揭穿了浦井，使浦井伪造的不在现场的证据被揭穿，真是太精彩了，不愧是大侦探。

"可是，最后的部分有些令人扫兴，'绝对是谎言，不可能有指纹！因为我戴着手套。啊，说漏嘴了，浑蛋！'那种愚蠢的犯人，只有在粗制滥造的电视剧里才会存在。总之，干杯。"

我们互相碰杯后，火村说："我并没有指望他会那样说，恐怕鲛山也没有。如果用指纹的事使他动摇，然后迫使他走投无路、乖乖就擒那自然是最好的。不过像现在这样弄巧成拙的情况也是有的。"浦井不堪良心的自责招供后，无论如何也想不明白为什么犯罪现场会留有自己的指纹吧。真是不可思议，这个谜团究竟是怎么解开的，我也不太了解。

"光凭指纹其实并不能成为决定性的证据给浦井定罪。所以，在他把只有他自己才知道的事情坦白之前，指纹之谜的解答只能暂缓。"

"嗯，对浦井就应该这样。那么，你能告诉我吗？"

"噢，有栖川先生可是写本格推理小说的明星啊，连你也不明白吗？"

听到他这样说，我毫不避讳地露出厌烦的表情。火村为讨好我，连忙给我斟酒。

"失敬失敬，那么我来说明一下吧。我认为，现场之所以留下指纹，多亏了被杀的君津崇。"

怎么可能？被害人为指证犯人把浦井的指纹留在了隔扇上，这是怎么做到的？也许并非如此吧？

"在同一公寓内，有一个面积很大的房间空着，所以君津在半个月前换到了那里。那时，出于善意，他做了一件事。"

哦，那是一件什么事？

"在检测到浦井指纹的隔扇上，有若干处被狗用爪子抓挠的痕迹，这些痕迹极多，不像是在半个月内产生的。我想，这个隔扇也许是君津从 203 室带来的吧。"

"他为什么要把旧房间里的隔扇卸下来带到新房间里？"

"因为宠物抓的伤痕太多，他觉得对不住以后要搬进 203 室的人吧？真是一个好人。"

"可是，如此一来那 203 室的隔扇不就没有了吗？"

火村把右手放到我的肩膀上。

"是我不对，我再重新给你说明一次吧。在换房间时，君津崇把 203 室满是小狗抓挠痕迹的隔扇与 901 室的漂亮隔扇做了调换，这终归是善意的，所以浦井的指纹也在他本人没意识到时被带进了 901 室。"

　　我虽然驽钝，现在也终于能理解了。浦井承认他去过 203 室，指纹就是那时留在隔扇上的。

　　"隔扇是否被调换过，是能够确认的。如调查一下现在放在 203 室的那个隔扇，应该能检测到以前在 901 室居住过的人的指纹。君津的惨死虽然已经无法挽回，但他的善意决定了恶的成败。"

　　"因为他曾心怀善意，所以勉强报了一箭之仇。"

　　这次轮到我把火村的酒杯斟满酒。

　　我们为被害人祈祷冥福，一饮而尽。

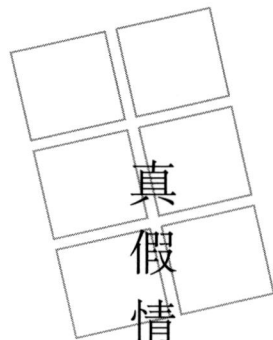

真假情侣装

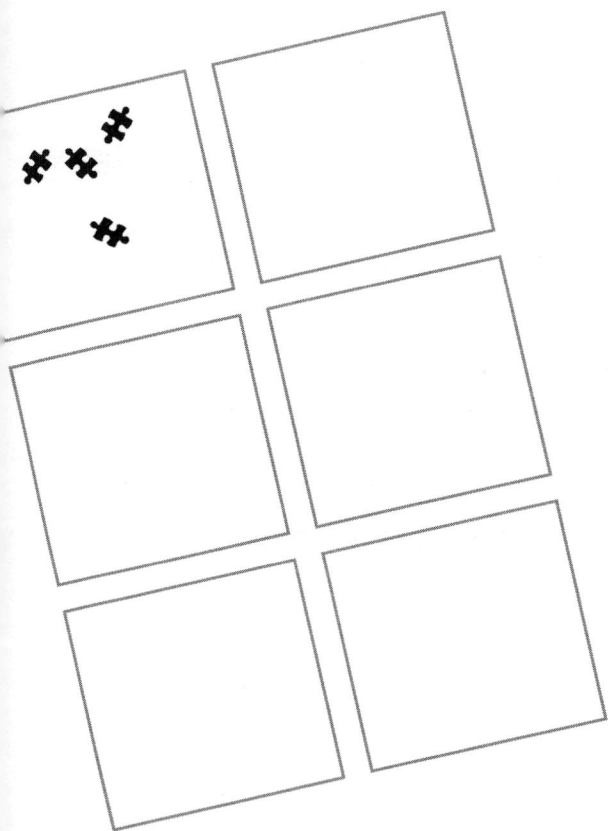

仅仅一罐啤酒就让那一夜的火村变得话多起来，这是为什么，是因为生物钟的影响，还是满月的神秘力量导致？不不，可能只是因为经手的事件得到解决而感到兴奋吧。

　　"我可无法预测能揭开事件谜底的启示到底藏在哪里。在酒后吐真言的醉话里，在老婆婆的唠叨声里，它随时都有可能突然冒出来。"

　　老婆婆叫筱宫时绘，是从火村大学时代起就一直关照他的家庭旅店房东，刚才她把自己做的下酒菜给我们端来。我还是学生的时候就常到这里玩，即使现在只是偶尔来访仍受到她的欢迎，今天我只是因为公事顺便路过，老婆婆却挽留我说："住下吧，我给你做好吃的早饭。"

"你听着老婆婆的唠叨就能把事件解决吗？"

我一边吃着带腊肉咸味儿的德国马铃薯，一边问。

"是呀，我都没想到她能这么关照我，下回她还打算做牛肉火锅给我吃。"

火村所说的事件是指洛北大学生活科学系的一名二十岁的女大学生在她所住的公寓附近遭一名年轻男子伏击，不幸遇害身亡。被害人的朋友做证说，当时她觉察到了情况不妙，打算与交往的男友分手，却进行得很不顺利，让她非常害怕。

"被害人叫西木美华，在那个夏天独自一人去南岛旅行时，认识了一名从京都来的男子，两人穿着情侣装一起拍过照片，互相起了倾慕之心。回去后两人开始亲密接触，不过对方很快就原形毕露，不仅性情凶暴，还是个会向身为学生的她借钱的渣男。"

西木美华不胜其烦、打算分手，那名男子却不同意，苦恼的她只好找朋友倾诉。

"真是悲剧呀！"

犯罪学家从书桌上堆积如山的书籍和文件中翻出一张照片。

"这就是被害人。"

照片上是一对穿着同款 T 恤但颜色不同的情侣，他们的背面是蓝色的大海，正泛着夏天的光影。照片的右下一角附有日期：2007.8.3。

这对情侣中，女性首先引起了我的注意，她那丰满的面颊非常可爱，故意剪得不齐的刘海儿随风飘舞，露出雪白的牙齿微笑着。她那无忧无虑的笑容表明她和恋人享受了一场快乐的旅行。

右边的男性也咧开嘴唇，视线清澈，面朝相机。他面部线条柔和，看起来经常进行日光浴，黝黑的皮肤以及下颚上几处邋遢的胡子让他看起来充满野性，总体看来给人印象并不坏。

"相片摆放在她房间的桌子上，是在与论岛上拍的照片。"

原来如此，仔细观察二人身上分别穿的白色和蓝色 T 恤，在胸部可见热带海滨的图案上印有"YORONTOU"①字样的细小文字。

"站在她旁边的那个男人就是凶手吗？"

明明是感觉良好的情侣最终却演变为杀人事件，不禁让人感到遗憾。

火村摇着头说："看起来确实像情侣。当然，警方向与论岛派遣了调查员搜寻这名男子的下落，可无论在哪儿都没找到他住宿的痕迹，这样的结果令大家无比失望。如果他是在岛上露营的背包客，就算看到岛上的露营帐篷也不可能知道哪个是他。"

"从她的周边入手能找到线索吧？要是从她留下的手机电话记录、日记，以及显示男子经历的东西上去找怎么样？"

"凶手也不是傻子，这些东西已经在事后都被他处理掉了，电脑硬盘也被他破坏。能把照片中的男子找出来的线索已经中断了。"

但是事件解决了。

"你从老婆婆那里得到了启示？"

---

① 与论岛的日文读音。

火村听了不置可否。

"不要再找照片中的男子，我向警方建议说把和她在同一时期从京都去与论岛的男人都排查一遍。于是一名叫球井洋之辅的人浮出水面。他住在下京区，二十三岁，自由职业者。警方调查他的情况，发现他和西木美华有关联，有人看到过他们二人在一起，在这之后事情就好办多了。"

看到过两人发生争执的人也出现了，警方也查到球井买过用作凶器的刀。凶手立刻陷入绝境，走投无路了。如此轻松就发现了凶手，不免让人觉得扫兴。

"那么照片中的男子与这起事件没有关系吗？"

"警方暂时上了当。那是球井搞的障眼法。当他得知她曾对朋友说'正和一个在与论岛上认识的人交往，但是我想分手'，就故意摆出这张照片，想误导警方。"

如果警方紧盯着照片中的男人不放，就很可能让调查触礁。

"那照片里的这个男人是什么人？路过的观光客不会被拍进这样的照片中去，而且他穿的还是情侣装。她是一个人去的与论岛吧？"

"对，好像她很喜欢一个人去岛上旅行。"

"那个男的是旅馆的店员还是导游？"

"都不是。"

"那他是球井的同伴？"

"球井也是一个人。不过你没注意到这张照片有奇怪之处吗？那是我发现的。"

火村把问题抛给我，我再次仔细端详，却没发现有什么不妥。

"调查员和我起先都没有注意到，照片里有球井洋之辅。"

怎么可能呢？这又不是鬼魂照片。照片里的背景是蔚蓝的大海，里面的人物只有两个。

"我换个说法吧。这张照片原本是全景照，里面本来也有球井，但这家伙把照片裁掉了一半。你仔细观察一下照片的左侧就会明白，被裁掉的部分是球井在微笑。"

火村拿出原来的全景照，西木美华的左边是一个体型瘦削、矫揉造作的男子，他在照片中位于中间靠右的位置。拍摄时为了把向海中突出的海角也拍进去，于是就成了我们现在看到的这副样子。球井洋之辅穿着和她同款的 T 恤，而且都是一样的白颜色，二人穿着完全一样的情侣装。而穿着蓝色 T 恤被警察当作是她情人的 X 君则看起来有点儿像不相关的旁人吧？球井对全景照进行了一番剪裁，伪造了一张假照片。"

警方从球井口中得知了右边男子的真实身份，果然是个过路的旅行者。是个来自韩国的背包客，所以警察无论如何也找不到他。球井考虑到了这一点，于是加以利用。

"真令人吃惊，简直连圈套都称不上！你和警察竟然会被这种小把戏给骗了？"

"他对照片进行了仔细的剪裁。先入为主这个观念真可怕，人们不是会把成套的 T 恤看作情侣装吗？其实情侣装也分各种情况。"

我觉得先入为主简直太可怕了。

但是老婆婆究竟说了什么话让火村受到了启发？

"老师，啤酒还够吗？"从走廊传来轻声细语，隔扇被轻轻打开，是时绘老婆婆。

"啊，够了，不用费心。"

老婆婆点点头继续说："那就好。另外……火村先生，你又穿错了拖鞋，你真是粗心大意呀，你这么喜欢和我穿情侣鞋吗？"

"啊？我又穿错了吗？"

火村挠头。

情侣鞋？

我向老婆婆的脚下望去，只见她穿着右脚灰色、左脚茶色的拖鞋。

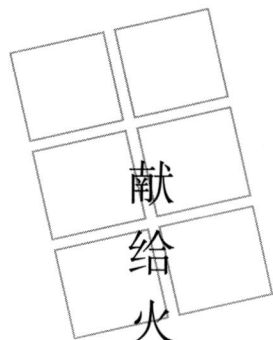

献给火村英生的犯罪

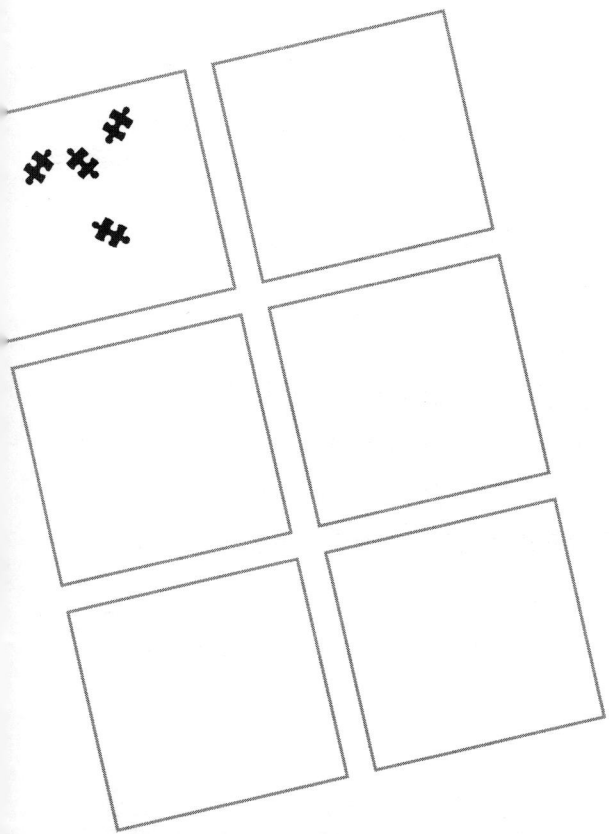

1

这份快递信件被送到大阪府警察总部的时间是在 2 月 6 日上午 9 点 20 分，在收信人一栏用黑色圆珠笔写有"调查一课课长阁下钧启"的字样。信在 9 点半被转往一课，交给在岗的小松原本人。

啜了一口温茶的课长看到放在桌子最上方的这封信件，不禁皱起了眉头。笔迹仿佛是小孩子的涂鸦，实在不够稳重。不过，虽然笔迹稚嫩，却绝不是小孩子写的。为了看看发信人是谁，小松原课长把信封翻过来，只见上面用同样的字体写有"Prof.R"的字样。字母 R 的右下部分是用连笔写成，给人一种装腔作势的感觉，果然不是小孩子写的。

小松原放下茶杯，从抽屉里拿出剪刀仔细开封，接着他用手指夹住信封两侧，为防止粘上无用的指纹，将信封倒着抖落后，一张便笺滑落出来。他捏住便笺的一端伸展了一下后，折叠整齐的信笺一下子打开了。

信的内容非常简洁，一目了然。小松原嚅动着嘴角，一度用小指挖了挖耳孔。他想征求一下理事官的意见，却不料对方昨天就去九州出差了。他用眼睛的余光一扫，看到有人正从身旁经过，不禁"喂"了一声喊住对方。

那是森下。今天他仍然穿着那套风格与刑警室的氛围不相称的乔治阿玛尼套装。这位调查一课最年轻的刑警闻言转身立正。

"您有什么吩咐？"

"你去把船曳叫来。"

森下答道："是。"然后立刻去叫船曳警部。不一会儿，船曳就来了，时间都没用上三十秒。这位秃头锃亮、身穿吊带裤的警部一边问："您有什么事？"一边不经意地扫了一眼桌上的信纸。

"收到了一个这样的东西。"课长小声说。

这并非为了顾虑周围、怕被听到，而是他一直就这样说话。轻声细语的说话方式可以让听者更集中注意力，而说话大声被公认是一种浪费。

"我觉得是恶作剧吧。"

小松原把这封刚收到的来信上下颠倒着拿给船曳看。

"这个……"被询问有何感想的警部摸着自己的脑袋，"内容莫名其妙，这可能是恶作剧吧。邮戳是什么时候盖的？"

课长指着信封说："有人把它投到中央邮政局的邮箱里，被邮走的时间是在 5 日上午 9 点。"

"信的内容令人不安。"

"信里并没有写诸如工作和家庭生活不顺利、一赌就输、因违规被查票之类的抱怨内容,看来不是为了泄愤。"

"是的,写信的人要是不知道那件事也不会这样写信。"

"你是说那件事吗?"课长指着第二行,"虽然没有公开,但也不算什么机密,围着警察转的媒体都装作看不见。"

"资深记者隐隐地注意到了,但是采取了克制的态度,不打算写相关报道。"

"写了的话,警方没有面子。写这封信的人并非搞错了目标,如今我们只好采取权宜之计。"

"那样的话……"

课长"咣咣"地敲打起桌子对船曳下命令:"你去和当事人联系一下,他可能会想到一些什么。为慎重起见,把这封信拿去采集一下指纹。"

警部答道:"是。"

2

　　我刚起床就有电话打来，只好穿着睡衣去接。按下通话按钮前，为防止发出睡迷糊的声音，我先清了清嗓子。

　　"这里是推理作家有栖川有栖先生的家吗？"

　　是一个陌生男子的声音。他像是感冒了，嗓音沙哑。进入2月后，天气越发寒冷。

　　"是的，我就是有栖川。"

　　"突然给您打电话，失礼了。我叫渡边三郎，来自东京。"

　　"啊？"

　　拿起话筒前，我看了一眼电话屏幕，上面有手机号码显示。

　　出版社打的电话号码几乎都被我设定为不显示来电号码；而显示个人姓名的来电，则都不是工作电话。

给我家直接打电话并非不可思议，在电话黄页上用我的名字就可以查到我家的电话号码。

"您有什么事？"

"真是难以启齿，请您听到最后好吗？"他的话语透着殷勤，"其实是……有栖川先生写的某本著作，有人说'与我写的一模一样，一定是剽窃了我的作品'。"

"啊？"

我虽然清楚地听到对方在说什么，但不得不再问一次。这种情形下，无论哪个作家都会这样做吧。

"您是说我剽窃了他人的作品，是吗？"

"您生气是应该的。"他的声音并没有变得粗野，"我自己并不清楚真伪。很难想象像有栖川先生这样有名的作家会盗用业余作者的作品，但是有人坚持认为您剽窃了他的作品。"

渡边三郎一边奉承着我，一边向我表示他并无敌意，只是采取一种中立的立场。

"究竟是谁这样说的？我的哪部作品是剽窃的？"

"先生的最新作品是剽窃的，一位叫村雨重藏的人这样声称。"

"我不认识。这个人的名字像剑客一样，是笔名吗？"

"那是他在相关杂志上连载作品时用的笔名，真名我暂时不能说。"

"我不能和连真名都不肯说的人接触。如果对方有什么疑问，应该堂堂正正地通报姓名。"

渡边三郎用沙哑的声音说："确实如您所说。"他始终一副谦卑的姿态，可是，这可能仅仅是一种姿态，我不能放松警惕。大清早的，不，已经快到中午了，就遇到这种莫名其妙的事情。

"我直截了当地说吧，这种找碴儿真是岂有此理。恐怕这个村雨先生也是个轻率的人吧，尽犯一些似是而非的错误。作家写作时偶尔会有一部分创意巧合，这是不可避免的。"

"但好像并非只是偶尔有一部分相似。"

我渐渐生起气来，是见见那个人向对方发发牢骚呢，还是别浪费时间不理为好？我有些困惑，如无必要还是不见为妙。

"那是什么时候出的杂志，杂志的名字叫什么？作品的名字是什么？怎么证明我读过？"

"您不要激动。"他安抚我，我却更加不舒服。

"对方想和有栖川先生见一次，有话要对您说，他希望能早点儿会面。您觉得如何？"

"如果村雨先生想见面，那就来我这里吧。"我将了渡边三郎一军，他却故意进一步触怒我。

"村雨先生住在东京都内，因某种缘故不能长期离家。非常抱歉，能否劳驾您去东京？不论会谈结果如何，交通费由我们负担。届时出版社的人如能与您一起前来，那么我们将备感荣幸。今天是6号，如果可以，希望您10号之前能前往。"

我不免厌烦起来，对方是想找个碴儿传唤我吗？我可不是随便答应的老好人，赶快把这样的电话挂掉为妙。

"这在逻辑上说不过去吧？我不知道他因为什么不能前来，我不会过去的。起码得先让我拜读一下他声称被我剽窃的作品，然后再判断是否有必要和他会面。您既然调查过我的电话号码，也一定知道我的住址吧？可以把作品复制一份寄给我吗？"

"您不能先与我们见面吗？"

"恕我不能如您所愿。"我换个话题，"渡边先生与此事有什么关系？您是律师吗？"

听到我这样问，他像是无力应答，只敷衍道："算是这方面的人吧。"这让我觉得太奇怪了。

"我和村雨先生协商后再给您打电话。您如果想与他联络，我可以把他的电话号码留给您，那我说了：090……"

我不会打的，虽然我这样想，但还是把号码记到了记事本上。

挂断电话时，渡边说："那么，请多关照。骚扰您了。"

他还用词错误，应该是"打扰您了"才对。

3

在乌丸北大路的西北面，有个环境稍微复杂的街区，那里有一栋公寓，是一栋低矮而宽阔的三层楼房。穿过刻有"梅森北路"字样的混凝土制小型拱廊，柳井爬上楼梯来到了二楼的现场。公寓里的一些居民不安地注视着他的背影。

走廊尽头的 201 室附近已经用蓝色围帘围了起来。看到姗姗来迟的警部，调查员们接连不断地俯首致意，警部则回应道："辛苦了。"

先到一步的南波警部补正等在门口。他身强力壮，是调查一课众多干将里的一员猛将，刚过四十岁就有了大肚腩。柳井见到他后，轻轻拍了一下他那大腹便便的肚子。

"现场好像很惨。"

"死者的头被凶手砍掉了。"

"只有头被砍掉吗？"

"对，凶手让死者抱着自己的头坐在浴室里。"

"真是刺激，太吓人了。这个场面是不是有什么奇怪的含义？"

这样说着，警部撩起前额的刘海儿，他的发际线已经明显后退了，让本来就大的脑门显得更加宽阔。南波不客气地戏谑道："长得难看的人头大身子短。"

走进201室，一入户就是浴室、卫生间，门的对面是个约有十二张榻榻米大小的起居室兼厨房。旁边是六个榻榻米大小的和室。这栋公寓有和室单间，可供喜欢住和室的人选择。

柳井弄清房间的布局后，去浴室一看，不禁发出一声惊呼："噢！"遗体身着内裤靠在墙壁上。

"死者是公寓里的居民，名字叫中务爱菜，三十岁，职业是美容师。"

南波向警部介绍死者的情况。警部一边听着介绍，一边观察死者的手，觉得那双手真美。虽然死状悲惨，但是死者双目闭合，表情安详，这也算不幸中的一点儿安慰了。她的体形稍显丰满，生前想必很可爱。

"她是被掐死的，刀伤是死后造成的。"

死者的脚下搁着一把浸满鲜血的万能菜刀。

"她在姐姐经营的店里帮忙，那家店生意很好，所以她在经济上并不拮据。现场发现者是她姐姐，姐姐受了强烈刺激后已经被人送到车里休息。"

年长四岁的姐姐与妹妹无法取得联系后觉得奇怪，就打算去妹妹那里看看出了什么事，结果成了第一个发现者。警方接到姐姐用手机打来的报警电话是在夜里 1 点 20 分，她一发现遗体就立刻打 110 报警了。

"她看到这种景象受到强烈的刺激了吧？怪可怜的。凶手为什么要这样做，他到底是怎么想的？"南波叹了一口气说道。

他虽然外表冷峻，符合杀人案侦查刑警的形象，但内心纤细柔软，是一个有人情味的人。

柳井的视线落在菜刀上，轻轻地摸着自己的下巴说："他什么也没有想。"

"你是说凶手吗？"

"凶手这样做其实是没有意义的。恐怕凶手是因为桃色纠葛或是别的什么原因，冲动之下掐死了被害人，然后想把死者分尸。可是，实际做了之后，发觉这是一件非常繁重的体力劳动，仅仅砍掉死者的头颅就把他累得气喘吁吁，最后觉得不可能做到就罢手了。这不是属于半途而废吗？我是这么看的。"

"这算是警部的第一印象吗？这么说来，确实像是这么回事。"

"凶手把头放在死者的膝盖上虽然看起来显得很怪异，但是他在慢腾腾的操作过程中，因为浴室空间过于狭窄，不是很自然地就会把头放在死者的膝盖上、变成现在这种状态吗？为了搜刮死者的遗留物品，在搬动遗体的过程中就会形成这种状态。"

"原来如此。"

"在这间房间里，还有其他的刀吗？"

"这里只有剪子、水果刀，菜刀的话只有凶手用过的那一把。"

"我刚才扫了一眼和室，没看到里面有凶手翻找东西的痕迹呀。"

警部接连不断地说。

"是。好像没有偷东西的痕迹。姐姐在证词里说，大门当时是锁着的。"

如此一来就等于向外界宣告说是熟人作案。凶手会如此麻痹大意吗？或者是凶手虽然清楚这一点，但是为了怕遗体被过早发现，所以才锁上门？这一点虽然无法判断，不过，柳井认为也许是凶手无意中锁上的。凶手属于既不偷东西，也不掩盖现场，分尸也会马上罢手这种类型的。

"死亡推定时间是几点？"

"死者死亡不到两天，凶手作案时间是前天的黄昏到天刚黑不久这一段时间内。"

"凶手不是在深夜作案，如果有目击证人就好了。"

在梅森北路这一区域，对安全防范过于疏忽大意，既没有自动锁，也没有监控设备，通勤上班的管理员在晚上 6 点就坐车回家了。

"前天是 4 号，星期一，被害人去美容院上班了吗？"

"据姐姐说，被害人的休息日是在星期天和星期一。"

"那么，昨天是星期二，不就属于无故旷工吗？"

"是。可是，星期二是姐姐的休息日，因此没有注意到她没来上班。管理员给被害人打电话，她已变成那副模样当然不能接电话。"

今天1点之前，姐姐听管理员说没打通电话，深感不安，于是就上门看看情况。

"遗体发现者如果冷静下来了，我要问她很多问题。这起事件里带有一丝怨恨的气息。"

"是呀，竟然到了要分尸的地步，想必恨意极深。"

柳井不耐烦地摇起头。

"如果是憎恨，一定会砍杀全身各处，但是遗体只有被掐死的痕迹，凶手拿出菜刀毕竟是为了分尸并方便运走。"

"全都被你说完了，你好像比那位不知道是何方神圣的老师更有自信。"

"那人胆大又心细，眼下他正在忙碌吧？"

"大阪府警也被牵扯进这起事件中了吗？"

"没有，今天是星期几？现在正是大学老师忙碌的日子。"

"啊。"南波点头，"你是指入学考试吗？英都大学的入学考试也要开始了。"

"英都大学是从明天开始。"

"警部，您知道得可真多。"

柳井皱了一下鼻子。

"我不是故意要调查火村老师的时间表，是我女儿想考他所在的那所大学。"

"噢，您女儿已经到了考大学的年龄了吗？真快啊。不久前她还骑着儿童三轮车呢……难道她是想当那个老师的学生吗？"

"我女儿本人确实是这么想的。"

"哎呀，哎呀。"

警部绷起了脸："这里可不是唠家常的地方。打探消息的工作准备得怎么样了？一定会有目击证人，你们去给我找出来！我自己去见死者的姐姐。"

4

火村走进研究室后，传真机吐出两张 A4 纸。

这就是船曳警部在来这里的途中打电话提到的东西吧。火村迅速把 A4 纸从传真机上扯下来，坐在书桌前读了起来。

我向大阪府警发起挑战，
把犯罪献给火村英生。
我把待解之谜，
留给这位公认的名侦探。
现在已近实施之日，
孩子们将会流血吧？

Prof.R

"这是来自 R 教授的挑战书吗？"

火村副教授一副百无聊赖的表情，喃喃自语着按下存储键，他要给船曳警部打个电话。

仿佛一直在等他打来电话似的，警部立刻就接了。

"您看了那封信吗？"

"是的，我刚看完。这是威胁吧？"

"这封信是恫吓儿童的杀人预告，真让人头疼。虽然在网上也有人写过类似的内容，但是把它寄给警察课长却很少见，不过我们要考虑到出现'万一'的可能性。现在我最在意的是……"

"是'献给火村英生'这句话吧？"

"写信人虽然是向大阪府警送上挑战书，却好像是要向火村挑战。"

"是吗？"

"还用问吗？这分明就是挑衅。课长让我问问您，有没有什么信息可以提供给我们。"

火村把传真件举到与眼睛平齐处，重读了一遍。

"这是憎恨我的人搞的一种骚扰战术，对吧？如果这样的话，他应该来挑衅我，向大阪府警发出恐吓信却像是焦躁不安的举动。"

"老师，快别这样说了。您把手按在胸脯上好好想一想，最近您身边没有发生什么奇怪的事情吗？"

"把手按在胸脯上好好想一想"，已经很久没有人这样对火村说了，我想不起来上一次有人对他这样说是在什么时候。

"没有奇怪的事情发生。不过倒是有怨恨我的人吧。虽然，在个人生活里，我不记得有这样的人。"

"您在协助犯罪调查的时候，抓住过很多坏人的把柄。"

虽然一般情况下，犯罪学家用不着亲自去现场，但是对火村副教授来说，这相当于实地调查。京都、大阪、神户一带的警察总部一有机会就询问他是否能提供帮助、参与调查，因此这对双方来说都是一件有益的事。

"记不清了，没能帮上忙，真是抱歉。"

"老师以前可没向我们道过歉，不过道歉解决不了实际问题。我们先观察一下这件事的进展，恐怕会出什么事情。如果有什么危险的趋势，您能来帮忙吗？"

现在不是有心帮忙与否的问题，第二天在大学有重要的事务要参加，火村只好拒绝。

"啊，火村老师您要在考场做监考？现在我们的事很急，能否找其他人来代替您监考？"

"不行啊，警部你应该也知道，每次去案发现场，我都要暂停授课，已经被大学盯上了。今年我没有做考试委员，没有参与考卷出题，自然给学生打分的事也与我无关。但是我有必要做好心理准备，防止最坏的结果发生啊。这时如果仅凭一句'失礼了'就退出监考，我也有可能被大学解雇哇。"

"那是当然。"船曳终于死心。

火村松了口气，但是又不能否定自己是这封恐吓信的目标，于是就添了一句："如果出了什么事就和我联系。"

放下电话，他又读了一遍传真。并没有多少人和火村英生这位奇人重名，里面提到的"火村"一定指的就是他，写信的 R 教授恐怕也对火村的名望有所耳闻了吧？但是由于这封信传达的信息量太少，实在弄不清这个 R 教授到底是何方神圣。

5

第二天是 7 号，上午 7 点 10 分。

收到平野中央小学的报警后，赶到现场的两名巡警看到的是摆放在学校操场上的七十九张课桌，似乎具有某种含义。巡警认为这种恶作剧太过分了，他们向上级汇报后，平野署长与大阪府警察总部联系，9 点一过就有两位刑警赶到学校，校长面露讶异之色上前说道："没想到警察总部的人能来，不就是个恶作剧吗？"

落落大方的女校长为此询问茅野刑警，茅野却回答得含混不清。于是，她就转而询问森下，年轻的刑警微笑着回答："到底是怎么一回事呢？看起来像是恶作剧，事先一点预兆也没有吗？即使很少量的信息对我们也是有帮助的。"

"不，什么也没有。我们学校的学生大都很老实，而且都非常稳重，硬要说有什么不足的话，就是他们缺乏冒险精神。这种恶作剧他们是不会做的。"

"那么，也很少发生校园欺凌？"

"虽然我不敢保证说绝对没有，但是只要我们能掌握相关情况，欺凌是绝对不会发生的。就算有欺凌，受欺负的孩子或者欺负人的孩子会把课桌摆放到学校操场上吗？"

"一般情况下是不会的。"

刑警和校长绕着操场上的桌子走了一圈后来到教学楼的三楼，他们从走廊的窗户往下看，只见桌子被排列成数字 5 的形态。

"桌子是从一年级一班和二班的教室里拿出来的。"茅野面朝窗户说。他到了平野中央小学后，马上与森下确认了一遍。两个教室位于校舍中央，教室内现在只有椅子。由于警方指示说不要马上收拾桌子，所以上午的课程这两个班的学生是在音乐教室或者视听教室上的。

"要把课桌搬到操场需要适当的时机，所以罪犯就去搬运离他最近的教室里的课桌，这个数字很有意思，可能是犯人想要传达的某种信息。"

茅野扬起下巴："那是数字'5'吧？是用一年级一班和二班的桌子排列成的，把一年级一班和一年级二班的数字加起来就是一加一加一加二，正好等于五，怎么样？"

"怎么样……等于五又能怎么样？"

看到校长站得离他们稍远，茅野说："我和你之所以来到这

163

里，是因为已经连续两天出现恐吓信。那个发信人暗示他会在最近伤害孩子们。课长指示，要求敏锐且迅速地应对学校出现的异常情况。所以我们才来到这里。"

"对，是这样。"

"我们来到这里后，发现数字 5 引人注目。也许，犯人打算读秒吧？也就是说从现在算起，五天后犯人将要作案。"

茅野的推理虽然没有超乎想象，但很可能被他说对了。

"应该是这样。"

"对吧？我在推理上比较弱，火候远远不及火村老师，属于臆测，和有栖川先生有一拼。"

"有栖川先生的推理总是与事实脱节。"

"傻瓜，那不就是他的厉害之处吗？总是与事实脱节，而实际上很可能他早就看穿一切了。"

"哈哈，怎么可能？对了，火村老师太忙，好像不能来了。"

"警方的调查与大学考试的监考在时间上有冲突，所以他来不了了。我希望那封恐吓信只是吓唬人的，总之，什么事都不发生是最好的。我以大阪府警的威信起誓，绝不宽恕那个把孩子成目标、扬言要杀人的家伙，而且，这次他还想伤害火村老师。"

"果然是对火村老师怀有恨意的人干的。给火村老师造成负面影响不是他的首要目的吗？"

"写恐吓信的人说什么要把犯罪献给他，真令人头大。"

昨夜，犯人在学校值班员睡着之后开始作案，作案时间大约在凌晨 4 点到早上 6 点之间。在这个季节里，这个时间段的天色还是一片漆黑。

"把这么多桌子搬运到操场上，光靠一个人是很辛苦的，这可能是团伙作案吧？"

"从恐吓信的内容来看，我觉得这是一个失去理智的家伙干的。"

"最近丧失理智的家伙可有很多啊。总之，再去调查一下，犯人的真实动机一定隐藏在某个地方。"

"是。警部不和有栖川先生联络一下吗？他可能已经看穿一切了。"

"那只是我开的一个玩笑。"茅野用手肘撞了森下一下。

"可是，恐吓信本身不就是一种暗号吗？我觉得应该借用一下推理作家的智慧。"

"有栖川先生解开过暗号吗？"

心地善良的森下不想下结论，只回答："在我的记忆里好像没有。"

6

　　是空调温度设定太低的缘故吗？打了一个喷嚏后，我醒了，真是古怪的起床方式，说不定有人会当个趣闻风传一下。我看了一下表，才9点半。虽然睡眠不足，但再睡第二次也不好，于是就起床了。

　　吃了两片烤面包、大致浏览了一下早报后，我坐在客厅的沙发上开始反复琢磨、设计方案。构思的小说中有晦涩的地方，我正为如何修改而伤脑筋。我想写一个出场人物A与B在熙熙攘攘的大街上突然再次相逢的场景。从作者的角度去看，这个设定过于理想化，有投机取巧之嫌。我坚持写他们是不期而遇的，真的合适吗？

　　走在路上的确有可能突然碰到熟人。三天前，我在梅田遇到一个以前在印刷公司上班时的同事。十年不见，我们一起喝了一杯，虽然他并不是我特别想见的人。所以，在写小说时把情节设定成不期而遇也没什么不妥吧？

不行，人生充满讽刺，这种邂逅常在并不期待见到对方的人之间产生，而想见的人反而见不到。比如，高中时代的那个女同学，我曾给她写过情书，却被她拒绝了。毕业以后，我就再也没有见过她。我曾想，大家都住在大阪的话，说不定什么时候会在街上遇到。自从听说她去了美国以后，在街上走路时，我就不再东张西望地去搜寻她的身影了。

电话铃声响起，我站起来去接。如果是平时，这个时间我还在睡觉，也会被吵起来的。

"喂喂，是有栖川先生吗？我是昨天给您打过电话的渡边。"

电话里的声音沙哑，我真想把它从脑海里撵出去，它却不肯放过我。

"我与村雨先生商议过了，还是直接见面为好。这样一来，能劳驾您前往东京吗？一定给您付交通费，啊，不仅如此，还会向您支付占用了您时间的误工费。"

还不清楚见面结果会如何，他就提出这样古怪的要求，渡边是在为什么焦急吧。上次的电话里他就显得很不自然，今天更让我觉得奇怪。

"您能否赏光前来？"

"先不说这个，您能把村雨先生的作品寄来吗？"我问道。

"如果能邮寄给您那固然好，但杂志制作得很粗糙，无法完好复制，另外作品的原稿也没有了。"

这个谎言太拙劣了，那部作品根本就不存在，我只能这么说。只是虽然他谎话连篇，我却不明白他的动机。他找碴儿说我剽窃，却既不威胁也不敲诈，只是编了一个理由要我去东京。难道他是想趁我不在家期间潜入我家偷走什么东西不成？这件事离奇得仿佛是一部谍战电影。我家里既没有动摇现行体制的机密文件，也没有涉及他人隐私的照片，我写了一半的小说也不可能是他的目标，他究竟想干什么？真是一个谜。

"真受不了，我该怎么办？"

我能装出一副束手无策的样子来等他提出什么方案吗？当然不能这样做。

"如果村雨先生无论如何都要表达不满，请他和书籍的发行部门联系。出版社位于东京，村雨先生可以前往。我能提供的建议只有这些。请不要再给我打电话，交稿期就要截止了，我忙得焦头烂额，失礼了。"

我随意这么一说，渡边好像也死心了，自行挂断了电话。

7

对梅森北路的管理员和全体住户进行调查时得知，从当天黄昏到夜里这期间，没有人听到过有奇怪的响声发出，也没有人看到过可疑人物。不过住在同一层楼的住户提供了一条让我们很感兴趣的证词，那位住户说，以前见过一位三十岁左右的男子受邀进入过被害人的房间，虽然没记住他的长相，但是记得那个人是中等身材，不胖不瘦，穿着工装裤、长筒皮靴。

那位目击者是一名时装店的店员，所以她首先注意到的是那个男人的服装。当时是晚上 8 点左右，那个男人看起来也不像是下班回家的职员路过这里。

另外，据被害人的姐姐和同事说，中务爱菜好像有个交往中的男朋友，他们是在联谊会上认识的，爱菜只向她们略微透露了这么一点儿情况。为了彻底查清那个男人的情况，警方费了半天工夫，从被害人的手机通话记录入手去查，轻而易举就查到了。

男子叫锹田杜夫，据说是一名平面设计师，但是没工作，眼下他开的店铺正处于停业状态。

"他和爱菜小姐一起吃过几次饭，受邀去过一次她住的公寓，还吃过她亲手做的菜。但是两人的交往不深。就像上了岁数的人有个一起喝茶的朋友那种关系。"

在崛川北山的一家咖啡店里（那家咖啡店距离北警署特别近），锹田接受了警方的调查。他淡淡地讲述着，虽然他对女友的遇害表示震惊和哀悼，但感觉并无悲叹之意。他想表明他和爱菜小姐之间只是在联谊中情投意合、多少有些亲密的关系。但是他的眼神并不冷静，有时他的说话语调听起来像是在毫无感情地朗读事先准备好的台词一样。南波的鼻子嗅出了刺鼻的犯人气味。

"她不是还有比我更亲密的男性朋友吗？你们应该去排查他们。"

"那么，你能提供什么线索吗？"

"不，没有。她有其他男朋友也不奇怪吧，她那么有魅力。"

说着，他竖起小指①喝起咖啡。他虽貌不惊人，却自视甚高，举止矫揉造作。南波凝视着他下巴上仅有的一根胡须，恨不得给拔下来。

---

① 在日语中小指还有情人之意，锹田竖起小指向警方暗示中务爱菜还有其他情人。

"在中务小姐被害的时间段里，你在哪里呢？"

南波单刀直入捅破窗户纸后，自称是设计师的锹田老实地点了点头。

"我就知道你们会问这个问题。那么，我说前天几点的事合适呢？"

警方通过司法解剖结果推断出中务爱菜的死亡时间是在晚上6点到10点之间。闻听此言，锹田微微伸出舌头舔了一下嘴唇。

"时间这么早哇？我还以为凶手是在深夜里作的案呢。"

"你觉得这个时间段有问题？"

"不，什么时候都一样。那一天我在朋友的家里留宿，我们一直都在一起。"

他的态度从容不迫。南波警觉起来，询问时必须提高警惕，不能被他骗了。坐在南波旁边的是南波所辖管区的一名年轻刑警，他拿出笔记本准备记录。

"请你们去问一个叫国岛的人，他是我上艺术大学时的朋友。和我不同，他是个受欢迎的设计师，还有人称他是电脑平面设计的鬼才。他的住址和联系方式你们马上就会知道，他家住在浅草，家里被他当成了工作室。"

他麻利地写下国岛的住址和电话后递给我们，说现在就给他打个电话吧，不过被南波阻止了。

"你和他预先定好住宿地点，还在一起玩儿，关系看来相当亲密。"

"我和他之间称不上是挚友，只是玩伴，和中务小姐的联谊也是他的安排。我是国岛在艺术大学念书时的三个朋友之一。爱菜小姐则是他以前的同事。"

在做美容师之前，爱菜在健康俱乐部做事务员，她和国岛是那个时候的同事吧？为了慎重起见，南波先问了一下那个联谊会都有谁参加。

"现在来谈一下事件发生当晚的情况，你去国岛家是在几点？"

"6 点时，我们在京都车站的中央出口会合，一起吃过饭后去乘坐京阪电车，到他家已经是 8 点半左右。之后到凌晨 3 点为止我们都在吃喝以及聊天，说得疲倦时就小睡一会儿。醒来时已经是早上 8 点。由于没感觉到饿，我说了声'我回去了'，就离开了他家。"

"一直就你们两个人吗？没有其他人进来过吗？"

"没有。晚上 9 点半左右，有人给他电话，他觉得麻烦不想接，就给设置成电话留言。我问他是谁打来的，他说没有什么要紧事。好像是广告公司打来的。"

他说的内容具体而细致，如果属实，那么他在中务爱菜被杀时不在现场的证据堪称完美，可是只有他的一个朋友可以做证却成为障碍。

"你有没有在往返途中遇到过熟人，或是在进出国岛家时和附近的人打过照面？"

"夜里 1 点左右，啤酒喝光后我又去超市买，那时已经是作案时间之外了，说这个没有意义了吧？我希望你们能相信当时我的确是和国岛在一起的。"

172

"不是这样的。如果有其他人可以证明你当时去买了啤酒，那就不算没有意义。你和国岛都说了什么话？把你能记得的都告诉我们。"

"哎？这可真让人为难啊。我们说的净是一些无聊的话。喝得酩酊大醉以后的事都想不起来了。啊，但是当时我和他一直在一起是没错的，去超市也是我们两个人一起去的。"

"我说的是，把你能记得的都告诉我们。"

南波把话重复了一遍后，锹田叹息一声开始讲述，都是一些双方都认识的熟人的闲话以及最近的工作情况等。

"还有吗？"南波催促道。于是，他又没完没了地继续说下去。锹田和国岛见面后进行了一番冗长的谈话好像是确切无疑的。

虽然看起来并不忙，锹田在警方的质询告一段落时看了一下手表说："这样够了吗？"他想早点儿结束这次质询。想早些见到国岛的南波抑制着苦笑，说："感谢您的配合。"

锹田离开了。从他身穿工装裤、脚蹬长筒皮靴这副打扮来咖啡店接受警方调查来看，他已经把在公寓里被人看到过的事忘记了吗？或许是正因为还记得，所以把去过爱菜房间的事向警方做了交代。

南波离开咖啡店回到警署向柳井警部汇报，这位头大身短的丑人阴沉着脸。

"看到锹田这个名字你能想起什么吗？"

面对警部的询问，南波回答："不能。"

"我提醒你一下，有个能干的律师，他在绫部市发生的那起伤害致死案里给凶手做无罪辩护失败了。锹田好像是那个律师的儿子，两年前他父亲突然去世了，现在他靠遗产勉强糊口……"

"我想起来了。他就是那个律师的儿子呀！当时他父亲和站在证人台上的火村老师针锋相对，连有栖川先生都被法庭传唤了。"

他父亲在庭审中品尝了苦酒，庭审结束后恶狠狠地咒骂："我竟然被犯罪学家和推理作家之流打败了。"

"他父亲要是还活着，可能立刻就会采取对抗措施。黑心的家伙就是有坏心眼儿。锹田那家伙有嫌疑，把他给我彻底调查一下。"

接到警部的命令后，南波乘坐年轻的刑警驾驶的汽车前往深草。铁路沿线有一栋二层楼的房屋，上面挂着一个很大的招牌"国岛工作室"。他们准确地抵达了目的地。

出来迎接他们的是一位头发蓬乱的高个子男人，与其说有艺术家风范，倒不如说是个宅男。他的眼神游移不定，有些可疑。这也是被称为"鬼才"的缘故之一吗？南波被领到工作室一角的客厅后，环顾四周，只见数台电脑放在桌面上，设计新颖的海报贴满墙壁。

"请不要抽烟，对设备不好。"

南波并没有拿出打火机的举动，却被他提前警告了一番。当然，桌子上也没有摆放烟灰缸。表达来意后，南波突然进入主题。

首先，中务爱菜和锹田杜夫在联谊会上是如何接触的？其后他们是如何交往的？国岛用含混不清的声音结结巴巴地做了回答。归纳一下他的回答要点就是："我觉得那个联谊很无聊""那两个人比较谈得来""不清楚以后的事"。对朋友的两性关系，他仿佛毫无兴趣。

由于他对这方面的回应很消极，不久后，话题就转向不在现场的证据上去了。锹田好像是在前天给他打过一个电话："明天晚上能去你那里吗？"他倒也没有什么要紧事。

"他是想要我介绍个工作给他，委婉地对我说过好多次了。不过，我不是职业介绍所的，也没有要做的工作给他。"

和锹田说的一样，国岛明确地说从晚上6点见面后他们一直在一起。

"你们都说了些什么呢？把内容尽可能地都告诉我们吧。"

"鬼才"来回搔着头发，颠三倒四地说了起来，大体上与锹田说的一致。也许是他们事先串通好的。如果真是如此，那真是煞费苦心。晚上9点半左右，广告公司的某位负责人打来电话一事，也与锹田所述一致。

"这是杀人事件的调查，如果你因为是朋友就试图包庇，日后你将被问罪。"南波这样警告他以后，国岛表现得令人难以捉摸。他发誓说："我没有说谎。"南波进攻受挫，没有取得成果就离开了"鬼才"的工作室。

在附近打探的结果是，有人看到过有一名像是锹田的男子从国岛家离开，但是他来的时候却没有人看到过。

8

监考完文学系的英文考试后，火村没吃午饭就返回研究室。又有传真发送过来，他站着读了起来。

第一份传真是船曳警部发来的："好像不允许监考人员带手机进入考场，所以就没给您打电话。第二封恐吓信到了。如果您有什么意见和看法，欢迎您在空闲的时候和我们联系，我们将不胜感激。"

第二份传真是恐吓信，内容如下：

警告大阪府警
这是献给火村英生的祭品，
我正在进行读秒。

你们在读此文时，时间也在流逝。

任何人都不能阻止，

除了一个人之外。

Prof.R

　　是熟悉的笔迹，内容也与上次没有什么太大不同。第六行有几分微妙的感觉，仿佛献给火村英生的这桩犯罪，只有火村自己才可以阻止。

　　"R教授在和我做游戏吗？"火村如此猜测，却又立刻否定，"怎么可能呢？"

　　如果是这样，那么这封信用不着拐弯抹角地送到大阪府警搜查一课课长那儿去，直接邮寄到他的研究室或是居住的民宿就好了嘛。

　　"R教授这样写，是想在我和大阪府警之间打个楔子，制造裂痕吗？"

　　这并不是R教授要中伤火村，也很难这样去想。恐吓信的内容如果被媒体报道，警察之中一定会有人觉得不快，感到警方被轻视了。仔细玩味一下警部的言外之意，恐吓信应该是只送给了搜查一课课长。

　　第三份传真是信封的复印件，这次的信是投寄到JR铁路三之宫车站内的邮筒里。下午3点时盖的邮戳。大阪的下一站就是神户，为了让人摸不清自己的生活地区，R教授故意只选择市中心的邮筒吧？

"就算 R 教授有什么企图，也不至于真的去杀害孩子吧？"

火村虽然这样想，内心却感到一阵刺痛，于是试着给船曳警部打了个电话。

"啊，老师，是您啊？您读过传真了吗？向您报告一件事，市内的小学出了怪事，还未确认和那封恐吓信之间有什么关系。虽然称不上是犯罪，却会成为新闻媒体的报道素材。"

接近黎明时分，不知是谁把教室的课桌搬出去，在操场上摆出一个数字 5，但是也仅此而已。

"这是恶作剧吧？从前有一所中学不是也发生过类似的事情吗？我认为和恐吓信一事没有关系。"

"警方已经变得神经质了。如果真发生儿童遇袭事件那可就糟了。现在有人抨击警方说'竟然收到了犯罪预告，警察可真狼狈啊'。警方内部有人认为这种抨击是不公平的，要求撤回。也有人猜测说数字 5 是指到犯人实施犯罪前还有五天，是犯人在读秒。这是怎么一回事呀？"

"我什么也不能断定，如果写信的人抱着玩游戏的态度向我们发出挑战的话，他以后还会继续发来带有重要启示内容的信。"

R 教授这个名字本身可能就是启示，不过这就像水中月镜中花一样虚无缥缈，谁也猜不对答案。

"之后，我会把小学发生的案子整理成文件给您发送过去，老师可能会从中发现些什么重要信息。"

通话结束后，火村打开电脑，上网看了一下新闻。平野中央小学发生的怪事被配上图文报道了，就是有人用课桌拼出数字 5

的那件事。

火村暗忖，如果这是为实施犯罪而进行浮夸的倒计时的话，那么犯人会不会在今晚跑到哪里摆出一个巨大的数字 4，然后每过一天陆续摆出 3 和 2？

犯人这样做第一胆大包天，第二非常麻烦。如果想读秒，在恐吓信上记录一下不就行了吗？

在学校操场上要摆好课桌，工作量是巨大的，应该是团伙作案吧？不对，如果某个团伙和恐吓信有关，就等于暗示他们与小学的事件或是恐吓信有关联，可是目前却没有这种迹象，还是把它看作一起个别的恶作剧事件吧。虽然如此，却没有可以肯定这样说的根据，真令人头痛。

结果火村连午饭都没吃，就返回了考场。

9

晚饭结束后，我正在休息，有一个意想不到的人给我打来电话："我是东方新闻社会部的因幡丈一郎。"听到他的名字后，我不禁"啊"了一声。脑海中的他有着白皙的皮肤，外眼角下垂，是一个体形健硕的记者。他嗅到了火村要协助警方调查的事，也知道我会作为助手参与，因此有很多事情想打听。我可没想过要联系他。

"有栖川先生，您从船曳警部那里听说了吗？火村老师遇到大麻烦了。"

"我什么也不知道。'大麻烦'是指什么？"我不得不反问。

"啊，您不知道吗？我是个包打听，那我就把我探听到的事情告诉您吧。听说前天早上有一封奇怪的信被送到调查一课课长那里，里面是这样写的……"

听到是"献给火村英生的犯罪"，我不禁愕然。简直太愚蠢了，天气如此寒冷，我却以为愚人节到了。

"还不到草木发芽的季节，却出现了这样一个稀奇古怪的家伙。哦，对了，昨天在平野中央小学也出了一桩怪事。"

我刚从电视台和报纸得知此事，因幡却把后续报道告诉了我。

"不不，那件事已经解决了，电视台立刻就报道了。是两年前从那所小学毕业的三名中学生搞的恶作剧。马上要到毕业季了，那三个中学生为了给小学六年级的后辈们留下最后的回忆，就搞出了这种事情。他们已经被大人们狠狠地训斥了一顿。三个人名字的拼写首字母都是 S，所以打算用课桌摆成一个 S，却不料被看成了数字 5。先不说这个，还是说说恐吓信的事吧。"

因幡恭恭敬敬地把那封恐吓信的内容给我朗读了一遍。

"您觉得如何？这封信要向警察挑战，显得格调低下，而内容又很暧昧，认为是恶作剧的意见占了主流。这是一封令人不愉快的信，为什么要把犯罪献给火村英生呢？动机不明。就算有栖川先生没有听说过，这件事可能已经传到火村老师的耳朵里去了。"

"我不可能知道哇，我连恐吓信都是第一次知道。"

"我提了一个愚蠢的问题，失礼了。但是火村老师到底知不知道？有栖川先生，您不介意此事吗？"

我读懂了他的企图，他是想让我去向火村打探一下情况。其实不用如此，他只要鼓起男子汉的勇气打个突击电话进行采访就可以了。

因幡继续说道："由于我还没有正式拜会过火村老师。突击采访这种粗鲁的事情我可做不出。我不想在会面之前就被火村老师讨厌。"

原来如此。

"就是这个情况，有栖川先生能帮我去问问吗？"

"我问了之后再向你汇报，然后你就可以写头条新闻了？你可真够自私的。"

"请不要误会。我知道老师们协助警方调查是秘密进行的，所以并不会随意去写。但是当恐吓信的主人真的要实施犯罪，把它献给火村英生时，就不得不写了。不光是我们，知道此事的报社全都会写，这是理所当然的吧？"

渐渐地，我被他牵住了鼻子，终于答应下来。我看了一下表，刚到9点半。英都大学应该从今天起进入了入学考试周期，火村英生也被动员起来做了监考。现在这个时间他应该已经回家了。我没有打他的手机，而是给他从大学时代起就一直住的家庭旅店打了个电话，原来他在外面吃完饭刚回来。

"啊，是那封奇怪的恐吓信啊。你是从新闻记者那儿听说的？消息走漏了吗？真是太糟糕了。"他自言自语地嘀咕着，"光凭这些，就算我想出马也做不到哇。况且，现在正是考试最忙的时候，我不能离开大学。要是想和我一起玩儿，等我有空的时候再说吧。"

是太疲倦了吗？他的声音里有一丝倦怠。

"你作为一名老师能无视那件事吗？"

"不，不是的。几天后将有孩子成为牺牲品，在现场会有留言说有礼物送给我，如果成真，我将难以接受。我不知道那个人是谁、住在哪里，他发来的恐吓信令我感到很郁闷。"

"这是要让你交名人税吗？"

"我常被人这样说。不过和有栖川先生相比，我只是一个无名的研究者。"

"有这种可能，假如当上了名人，就会有奇怪的电话打过来。"我脑海中又浮现出那个沙哑的声音，"有人强词夺理，说我剽窃。"我向他简短地说明，"开什么玩笑？就算我再差，好歹也有职业作家的自尊。"

"你怎么了？"火村问我。由于想到了不愉快的事情，所以我突然沉默起来。

"给大阪府警的恐吓信，你给我读一下吧。刚才我从因幡先生那里听说了，有的地方让我介意。"

随着翻动纸张的声音，火村慢慢地朗读，第一封正读到途中，我忽然说："等一下。"然后让他停下。

"'我把待解之谜留给这位公认的侦探'这句话有问题。"

"这句话怎么了？"

"一个打来挑衅电话的人这样对我说过：'你是公认的专家，不会剽窃业余作者的作品吧？'这两个人都在这里用错了日语。"

"他用错了'公认'①一词，不过这是常有的误用。"

---

① 原文中公认一词的正确日语是極めつき，恐吓信中以及打电话找碴儿的人则使用極めつけ，用法错误。

"那么是偶然的吗？"

这时火村沉默起来，是令人感到恐慌的漫长的沉默。电话已经断了吗？我担心地侧耳倾听，却只听到些许呼吸的气息，像是在沉思。不久他说"过会儿我回拨过去"，就挂断了电话。

在我们谈到恐吓信的时候，火村突然沉默不语，我不清楚是他正在陷入沉思、进行推理，还是只不过突然想起其他的事情。总之，他说过后回拨过来，那么是一分钟之后，还是明天？被扔在一边的我冲了一杯咖啡，打开了电视。这一天平安无事，全国的新闻报道都在说平野中央小学的离奇事件已经解决，为此来回奔波的调查总部刑警们想必很不痛快。

电话久等不来，我播放着音乐靠在沙发上发呆，那是许久未听到的勃兰登堡第五协奏曲，古钢琴独奏的声音使我听得入迷。隔了一个半小时后，电话铃声响起，火村回拨了过来。

"有栖川，你有空吗？"

冷不防被他这么一问，一个能独当一面的男人总不能说"是，我正闲着"吧，不过在工作间歇，我倒是有富余时间。

"你能替我走一趟吗？明天你去拜访一下京都北警署的柳井警部，他在北大路公寓女性被害事件调查总部。"

"是那个被害者的头被砍掉的杀人案？"

虽然今天平安无事，但前天我可经常听到有关这起案件的新闻。北大路距离英都大学不远，乘地铁只有两站地，正忙着监考的火村可能没有时间去吧。

"我很熟悉柳井，倒也可以。为什么你不去呢？"

"我不是说了我去不了，让你代我去一趟吗？你去参加调查，也许会有什么发现。"

"什么样的发现？"

"不清楚。"

真是不靠谱的回答。

"我试试看，不过你为什么要让我去案发现场进行调查？"

"这是上天的旨意，如果你失败了，就来借用我的智慧，我会帮你。你想不想狠狠地教训一下电话里那个奇怪的挑衅者？"

我并不想狠狠地教训对方一顿，不过如果能和那个人会面，我想弄清对方的真实意图。

如果真有一个对我有误解的业余作家，我也想问问事情的原委。

"与事件有关的人当中，打电话的人可能也包含在内，那个用沙哑嗓音打进来的电话。也许那是假声，你不要被他骗过去了，可要听仔细了。"

我在懵懵懂懂中答应下来。

"你能给渡边三郎打个电话吗？"

我没问他为什么，就把电话拨了过去，却打不通。

"打不通。"

"他是用在电器街一带买到的销赃手机打的吧？如果不是这样，他不会主动说出电话号码的。"

"渡边三郎到底是什么人？"

"明天你就见到了呀。"

他先卖个关子，答案先保留一下。

10

第二天夜里，我来到火村的房间。由于事情紧急，没有给房东老奶奶带小礼品。我向她道歉后，老奶奶笑着说："有栖川先生，我可没那么介意呀。"

等端茶来的老奶奶放下茶杯离去后，我说了事件的原委，风尘仆仆地归来，还没来得及换衣服的火村把解开的领带挂在脖子上，默默地听我讲述。

"情况就是这样吗？简直就像我亲自出马只用了半天时间就解决了问题一样。不枉你在寒风凛冽的日子里东奔西走了一回。我感觉这次你成了举世罕见的大侦探。真想不到。"

我哪里像大侦探了，却像是被他硬塞给我一个头衔。副教授却只是说："这也是有的。"

"这些天，从凶手视角去看，是一场决定生死的大决斗；但是如果从上帝视角去看，则是一场愚蠢的闹剧。他想把遗体运出去处理掉，却只砍掉头颅后就放弃了；他漫不经心地策划了一个不在现场的证据，强求朋友替他做伪证；为了掩饰，他写了一封恐吓信，还改变声调给我打电话，上演了一出闹剧。现在这些已经全部败露了，我终于可以松口气了。"

在被警方视作重要嫌疑人的阶段，他犹犹豫豫，下不了自首的决心。可是在南波警部补的调查取证面前，他的落网也只是时间问题吧，根本不存在的不在现场的证据虚无缥缈，在事实面前粉身碎骨化为微尘。用于起诉的物证必不可少，这一点调查总部已有胜算，分手时两人产生纠纷的证据已经被警方找到。

凶手就是被调查总部盯上的锹田杜夫，这个结局已经无法翻转。柳井警部等人对他杀害中务爱菜一事半信半疑，但对他向大阪府警调查一课课长发送恐吓信、给我打奇怪的挑衅电话这两件事，则完全不知情。

"其实，"我正准备说出真相，火村走到冰箱前，"只剩两罐啤酒了。"

他递给我一罐啤酒，今天我做了很多事，这算是给我的报酬吧。

"今天早上，大阪府警收到这样一封信，是第三封恐吓信。"火村从包里拿出传真，"邮戳是京都中央邮局的，是在午后6点盖的。如果是在两天或者三天前，他可以随意地一个筋斗就翻到神户或大阪去。可是在昨天，他已经没有出远门的时间了。"

我向大阪府警发出预告

献给火村英生一具小小的尸体

只要他不抗拒

灭亡就在近前

时针不会倒转

请做好心理准备

Prof.R

我读了这封信，觉得他在这种情况下还去花工夫推敲文字，故意伪造拙劣的笔迹，就如同一幕滑稽剧，简直愚蠢至极。R教授这个名字好像也是他胡乱起的。

"他煞费苦心想让我去大阪出差，不过就算他不这样做，到监考结束前我也无法离开大学，但是锹田并不知道这些。"

"就为了这个，他就去写了恐吓信？试图阻止你，却做出了看起来像傻子一样的举动。"

"他差一点儿就成功了。他用假声打了奇怪的电话，想把你引到东京去。不过就算你被骗得晕头转向，最多也就是一两天后气急败坏地回来而已。"

"'公认'一词的误用让我联想到写恐吓信和打电话的恐怕是同一个人。结果还真猜对了，真是跳跃式的联想。"

他把啤酒一饮而尽："我和你几乎同时收到了离奇的信息，两者之间有关联。如果是同一个人所为，他想把我引到大阪、把你骗到东京的目的是什么？不就是想阻止我们加入犯罪调查吗？"

火村给熟悉的京阪神杀人案件调查班打去电话，询问数日内发生或发现的事件，北大路女性被害事件正巧符合，于是他就拜托我代他走一趟。

"假设 R 教授想让你我远离北大路事件。"

锹田的父亲——一名律师，在法庭上与火村针尖对麦芒，于是儿子从父亲口中听说了犯罪社会学家及其搭档的事。

"他知道你常去现场做实地调查，也了解我相当于你的助手，所以想把你我二人都赶走。"

"话虽如此，你不是因此挺郁闷的吗？"

"为什么这么说？"

"恐吓信把我当成大侦探，如果这是他的本意，如果他很恐惧我的介入，那就应该盯住我不放。如果我不到调查现场，那么你也不会在事件中露面。所以 R 教授的主要目标应该是有栖川有栖才对吧？"

说我是主要目标，不知为何，我心中有些窃喜。

"而且，最后他很轻易地就罢手了，要是再努力一下应该就会让你动摇的。"

"我说过'我忙得焦头烂额'，于是他就安心了，以为我的写作事务如此繁忙，就没有精力接受邀请去参加实地调查了。"

确实如此，我很重视我的主业，一直以来都是如此。

"第三封恐吓信是他在知道有栖川有栖忙得不可开交前写好并投递的。听说你非常忙碌，可能就不再想写恐吓信了。难以理解的是，为何比起我来，他更畏惧你，作为大侦探的我也对此感到十分困惑。"

"这是以前没有经历过的事情，你最好别自称大侦探了。这个难题你打破头也想不出来吧，我自己也想不到我和北大路女性被害事件之间会有什么关联。"

国岛做的伪证如能顺利过关，那么警方永远不会发现这两件事之间其实是有关联的。当他看到我与南波警部补一起出现在他家门前时，就知道他做伪证的事已经败露，不禁大惊失色。他像在挣扎一般地喘息着，终于发出一声呻吟："为什么……"我看到他，自己也大吃一惊。

"锹田听国岛说'刚才我和一个叫有栖川有栖的作家在大阪喝了酒'。"

"一定是他听到后嘱咐国岛说'那件事绝对不要说出去'。另一方面他又感到颇为棘手，如果我加入警察的调查，那么你作为助手就很可能会出现，所以无论如何要避免这一事态的发生。于是在5号那天他研究策略后，搞出一个叫作'把犯罪献给火村英生'的鬼把戏。"

"凶手只把我看作会引出你的讨厌鬼。了不起呀，有栖川先生。因为你只要露面就会和国岛碰面，那么他的谎言就会被拆穿，事情就会败露。"

"这种事不会有第二次了。"

中务爱菜被杀的那天黄昏，我碰见过国岛。当时我们在大阪车站附近不期而遇，他邀请我："好久不见，你辞去职员的工作已经过去了几年来着？如果有时间，我们去喝一杯吧，让我仔细听听作家生活都是什么样的。"于是从晚上 7 点到 9 点之前，我们在阪急东道的酒馆喝起酒来。设计师锹田与印刷公司的业务员国岛一起在工作上合作过很多次了，国岛返回位于深草的居所是在快到晚上 10 点的时候，所以"从 6 点起就和锹田在一起"是个弥天大谎，找借口也没有用。

回家时他一定是接到锹田的电话："今晚让我在你那住。"放弃肢解尸体的锹田当时一定是在为了制造不在现场的证据而奔走。

"我不太明白国岛为什么会对锹田这样唯唯诺诺，刑警来做杀人案调查取证工作时，他良心上感到不安，也曾想抗拒说谎。"

"那是因为他被锹田抓住了把柄。不是有句谚语嘛，'金无足赤，人无完人'。没有啤酒了？放在你面前的不是老婆婆冲的宇治名茶嘛，你立了大功，不要客气，随意喝吧。"

之后，我听说国岛持有大量咖啡因，锹田很早以前就知道这件事，于是就以此为借口强迫他做伪证。他知道自己所持毒品的量是可以达到入刑条件的，他是怕去坐牢吧。

锹田对他使用的撒手锏就是"在监狱的围墙里你就不能碰电脑了"。

风好像越刮越大，窗玻璃发出"咔嗒咔嗒"的响声。从黄昏起就阴云密布，明天，古老的京都可能会成为一片银白的世界。

"社会学系的考试要开始了吗？听说柳井警部的女儿要应考，她的目标好像是加入火村老师的研究会。"

"是在明天，由我来监考。"

火村把喝光的啤酒罐放下，瞥了一眼窗外："还是晴天好哇！"

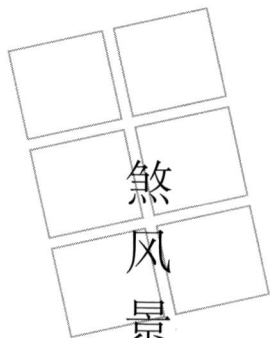

煞风景的房间

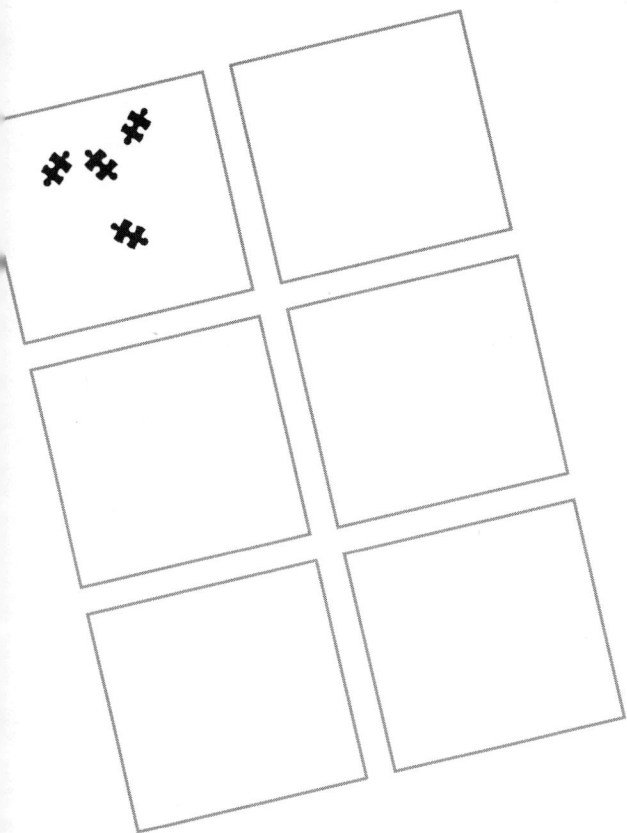

1

空旷的房间。

所有的物品都已被运出，空荡荡的。清水混凝土的地下室，除了地上贴着苔绿色的塑料瓷砖外，天花板、墙壁等都是暗淡无光的灰色。

但就在几个小时前，这里还聚焦了很多人——机动警察的搜查员、鉴别课员，以及从大阪府警本部赶来的调查一课的课员们围着一具横卧在房间中央的中年男子的尸体，摄影组的相机快门正朝他身上闪烁。他仰躺着，刺中左胸的刀子在荧光灯的映射下闪着雪白的光。

那具尸体已经不在了，眼下应该已交付给大阪大学法医学教室做司法解剖吧？不，是还在准备中吧？

地上遗留着从他体内流出的殷红血迹。我是临床犯罪学家的助手，对这一切虽已司空见惯，却仍然不能泰然自若。

"遗体搬出去后，现场的情况就能搞清楚了吧？"

在我身边的船曳警部说道。

"面向门口的方向，稍有爬行的痕迹。凶手离去后，被害人似乎想要离开这里去求助。"

可是还没等爬到走廊就已力竭身亡，实在令人不忍目睹。

这里是大阪市中心高丽桥附近的写字楼，虽说这里夜间人迹稀少，但如果上了大路，即使深夜也陆续不断地有车辆驶过。

"他是想就算爬也要爬出去吗？这房间里也没有电话啊。"

我环顾着这间煞风景的房间，我认为"煞风景"这一词汇是"杀死风景"这个短语的省略。

"这座遗留下来的写字楼，建于万国博览会前，如今已是空无一物。这个地下室曾用作寝具用品商店的仓库，从去年开始也废弃不用了。"

"是有这种感觉。"

我从警部那里看到几张尸体照片，被害人身着方格花纹套装，向上拽起的领带挂在脸上，浓眉，宽下巴，面容冷峻，双目圆睁。

死者叫德永繁巳，四十八岁。

听说他缺乏关爱，可是这种死法还是让人深感遗憾。

"死亡推定时间是在昨夜，10月14日晚8点到今天零点这段时间。解剖结果如果出来，将会进一步缩小时间范围。一过7点，几乎所有人都会从这间写字楼离开，所以案件发生在楼内人气冷清的时间段。"

虽然警方向写字楼里的人打听了情况，却仍然没有获得有用的信息，没有人目击到可疑人物或听到什么声响。事发当时，除了被害人与凶手之外，楼内可能空无一人。

"被害人右手拿着手机，却没能打出去就气绝身亡了吧？"

发现尸体的是在清晨巡视楼内情况的业主。这名被杀的男子看来像是在深夜里无法和外界取得联系。

"嗯，我们调查了电话，任何按钮都没有被按动过的痕迹。他还来不及按'110'的'1'就断气了。不过，就算他有余力也无法呼叫求助，因为这个房间内信号很差，无法使用手机。"

"啊，在市中心竟然还有这样的楼。"

"被害人真是太不幸了。"

警部向走近身边的一个调查员打招呼，让他把装在塑料袋里的证物手机拿来，那个调查员像我一样细致周到地应对。

"请看，有栖川先生，就是这个，是最新款的，这部手机不错吧？不过案发时不在通信范围内就毫无办法了。"

"你们调查过通话记录吗？"

事发前也许还留存着什么人和凶手的通话记录。

"当然，我们浏览了一下。可是，电话刚买不久，与新货一样。所以几乎没有过去的通话记录留下，也没有关系密切人员的电话号码记录。对我们来说，这种情况真是太不走运了。"

"你刚才说'几乎没有'，那就是说还留下几个吗？"

"接入和打出各有一个，但都是他和同居的未婚妻的通话记录。除此之外，再没有别的了。"

"你们与那位太太取得联系了吗？"

"嗯，不巧的是她回了岩手县的娘家。她将坐下午两点的飞机返回大阪，见到未婚夫遗体将在黄昏之后了。"

"他没有其他家人吗？"

"有一个同居未婚妻带来的已满十八岁的孩子，和母亲一起住在岩手。对被害人住宅的搜查要等她回来之后。搜查事务所时，我们发现了令人颇感兴趣的东西。"

我把还回来的手机轻轻放进一个大口袋里。警部微微一笑。

"被害人德永繁已表面上经营一家信用调查公司，却一个下属也没有。位于二楼的事务所挂着一块简简单单的招牌'德永调查'。从这情形来看，这不是一家正经的调查公司，据写字楼内的传言说，这家公司只是一心嗅着金钱的味道，常在股东大会上当捣乱的痞子或是以近似恐吓的方式做事。"

"这传言可靠吗？"

"可靠性非常大。"

调查他的事务所时，警方从双层抽屉里找到了受骗人名录。都是一些以揭发对方侵吞钱财为借口的敲诈勒索。

"事务所里有被翻动、寻找的痕迹。凶手，也就是被德永威胁的什么人试图收回勒索材料。可是由于杀了人、面临狼狈不堪的处境，与专业的搜查员相比又手法极差，因此没能看穿双层抽屉里的奥秘。"

"凶手在时间截止前没有找到想找的东西呀。"

警部立刻否定了我这种外行的想法。

"不对，不是这样的。凶手非常仔细地搜寻了室内各处，不能认为他在时间紧急的情况下慌乱不已。他把办公室大致搜寻了一遍后，也没能发现勒索材料，便认为德永可能是把东西放在了自己家或者别的什么地方，只好死心。"

"那么确实可以认为被害人是靠恐吓手段去做生意的吧？"

"是的，他的同居未婚妻承认：'我丈夫敲诈勒索别人，因此别人怨恨他。'虽然她并不了解其中的详情。"

接到警方打来的电话得知噩耗后，她大为震惊，却并没有表现得有多悲伤。

"我早知道他会有这一天。听说他被杀我虽然吃惊，但他就是即使在夜路上遇袭也并不让人觉得奇怪的那种人啊。"她毫不避讳他们夫妇关系冷淡的事实。事发当时她在岩手，不在现场的证据非常清楚。

充当华生角色的我比大侦探火村英生更早抵达案发现场，这时却不知道该去哪里。既然这栋煞风景的大楼内的某个房间就是案发现场，那就没有必要去周边看看了。

"请问……火村什么时候会来？"

警部看了看手表。

"现在是 11 点 50 分。他说乘坐 10 点刚过的火车，抵达新大阪车站是下午 1 点左右吧？那么他几点会到这里来呢？"

"我打电话问问看。"

拿出手机时，我想起这个房间不在信号覆盖范围内，就朝大楼门口走去。当我看到有三格信号后就开始拨打火村的号码，不久，参加学会会议后正在返回途中的副教授就接了电话。

"什么，是你呀，有栖川。你在案发现场？我正打算给船曳警部打电话呢。你的电话来得正好。我在静冈西部遇到了大暴雨，现在被困在新干线里了。到你那边将会很晚。"

大阪现在正是晴空万里，而静冈那边却下着能让新干线停驶的瓢泼大雨吗？

"雨停后待安全得到确认就会再开车吧，不知道什么时候会到大阪。如果没遇到山体滑坡，到黄昏时会再次发车。"

这样一来，我只好自己在现场游荡，周围虽有很多熟识的调查人员，气氛却与以往不同，让我颇感不适。

我言简意赅地把现场的情况以及从警部那里听来的消息转达给他。他没有要记笔记的迹象。

"警部往东京打了电话，这起事件不是离奇的密室杀人，也不是别的什么，只是有些疑点。新干线要是开了，我会联系你。"

我似乎可以听到电话的那一头瓢泼大雨的声音。

2

"是吗？是吗？"

我一边自言自语，一边把翻盖式手机"啪"的一声合上。每次赶赴杀人现场，火村都要停止上课，今天他把搜查也当成了需要停止上课的理由。

这样一来，本应由他履行的侦探职责就全都压在有栖川有栖的肩上了。

哎呀，大阪府警调查一课没想到会是这种情况吧？从我的角度来看则有些得意，我想："终于该轮到我出马了。"我一直被大材小用，扮演着华生的角色却干着门前扫地的小伙计干的活，现在不可能应付不了局面。

我把火村会迟到一事告诉船曳警部后，他淡淡地应了一声：

"啊，是吗？"

"今天早上我给他打去电话时，他还在东京。我说'请不要勉强'。是否能发展成需要老师亲自出马的疑难事件尚未可知。嫌疑人的名单警方已经拿到手了，可能会尽早破案的。"

什么啊？真无聊。难得我这么干劲十足。

嫌疑人名单是在被害人的办公室里发现的，调查只过了几小时就挖到了金矿，警部一副心满意足的样子。

"你觉得如何，有栖川有栖先生？这里面哪个家伙像凶手？请试试你的直觉。"

说着他打开手册给我看。

抬眼望去，上面记录了四名男女的姓名：

滨口元哉 （Hamaguchi Motoya）

河濑清太郎 (Kawase Seitarou)

知念谅 (Chinen Ryou)

汤村明里 (Yumura Akari)

"船曳先生，不管怎么说，只有名字的话……"

我嘀咕着，记下这四个名字。

警部把四人的情况分别向我做了介绍。调查员们去各处打探消息时，已经和他们接触过了。

"首先，列表上排在第一位的滨口元哉是银行职员，在水都银行天王寺支行担任投资顾问，四十岁。他用顾客存的资金做复杂的投资。刑警前来拜访他时，他面色苍白地说：'你们是为优秀中国基金的事来的吗？'"

看来他是个胆小的男人，如果要做坏事，就应该再拿出点儿魄力来。

我随意想象着滨口元哉的样貌和为人：发型是刚合适的三七分，是个发际线不断后退、体型匀称的中年男子，戴着一副相称的眼镜，言谈举止非常温和。

"关于侵吞公款一事，不在调查一课的职权范围内，一课的人专以德永繁已被杀事件为主进行调查取证。他坦率地承认了被勒索的事，这样一来只好认命——自己的银行职员生涯也要告终了。但他否认是自己杀害了德永。他说在昨天晚上有个同事送别会，10 点前散会，11 点回到在丰中市内的家。到家的时间只有他的家人能证明。这样一来，他不在现场的证据就不能成立。"

我在脑海中想象银行职员沮丧地低下头去。

"接下来是河濑清太郎。他是一位三十八岁的司法代书人。在从事客户委托的土地继承业务时进行了不正当行为。嗯，他本人已经坦白了，如果进行调查马上就会清楚他所做的一切，于是他只好放弃顽抗。"

这次我脑海中又没理由地浮现出一位消瘦的男子，他的脸色稍暗，眼神锐利，是我从小就不太喜欢的类型，但在相貌上他却是一位美男子。

"他 7 点回家，在 8 点到 9 点半期间出席了他担任干事的公寓管理集会。这之后的不在现场的证据他就没有了。因为他没结婚，一个人住，没有不在现场的证据也并不奇怪。"

消瘦的男子怒目而视，嘴角歪斜。

"知念谅，是在本町①的某 IT 企业担任经理，二十九岁。案发现场离他的办公室很近，步行的话不到十五分钟就可以抵达。他在办公室里一直加班到 11 点之后。离开公司时，他是一个人，可以设想他之后又步行来到案发现场。据德永的笔记上记载，他把将近五千万日元装入自己的腰包，但他笑着否认了。不仅如此，他说他连德永这个人都不认识。"

这家伙好像相当顽强，抱有一个信念：身正不怕影子斜。可以把他描绘成穿着剪裁得体的合身西服套装、手指上嵌着一枚大戒指之类的男子。他忽闪忽闪地闪着长睫毛，女里女气地耸着肩。

"最后是'万绿丛中一点红'的汤村明里，她是一位三十岁的室内设计师，她可不仅仅是设计师，还和朋友合伙经营一家公司组织结构完备的时髦家具店。据德永的笔记记载，她在盘剥这家公司。刚才警方和她取得了联系，她对事件的发生非常吃惊，声称德永的恐吓是基于误解，她好像非常困惑。昨天晚上 8 点前她回到位于住吉区内的家，埋头研究怎么做料理，那是她的兴趣爱好，她也是一个人住。"

一头浓密的鬈发垂在肩上，是一位自然雅致、充满知性魅力的时髦女设计师。不可能是她，我暗自摇头。

只凭这点儿信息的话，没有一个人是可疑的。难道是为了赌上一把，在下注后侵吞了大量公款而且离案发现场最近的知念谅吗？

我正模模糊糊地勾勒着犯人的身影，没想到警部也英雄所见

---

① 东京都涩谷区的地名。

略同。

"被敲诈后就试图杀人是一种头脑简单的做法。但知念谅面临急迫的境地，非法侵吞五千万日元，数额巨大。加班可能是为了和德永会面做的时间调整。"

"他是被德永叫去的吗？这固然没什么，但为什么作案现场要选在那个地下室？在德永的事务所里见面不是很好吗？"

对此，警部自然有答案应付。

"有栖川先生离开去打电话的时候，森下听到这样一个情况：德永认为地下室不上锁是件好事，平时就可以不客气地使用。"

"就是这个空旷的什么也没有的房间？"

"可以用作秘密谈话的会面室。作案时，楼内好像没有其他人。但在与事务所相同的楼层内有深夜突然返回、彻夜工作的业主。所以，为保险起见，有可能把对方邀至地下室去。"

原来如此。于是德永就丢了性命。从他的角度看，没有想到对方会手持凶器突然来袭吧。

"可是，不懊悔吗？"我说，"四名被勒索者中如果有凶手，被害人应该熟悉他的品性。加上又有手机在手，就算不能打出去电话，至少可以把名字输入进去。怎么会连这点儿剩余的力量都没有呢？"

警部摩挲着自己大腹便便的肚子。

"嗯，很遗憾。不过就算他有剩余的力量，也还是做不到。同居未婚妻证明说，被害人视力较弱，在手机上打字极其辛苦，就是说没发过手机邮件啊。液晶屏幕上的文字对他来说看得很吃力，他曾说：'我哪能读得了那么密密麻麻的小字？'"

"应该生产面向高龄人士使用的大字手机。"

"以前使用的手机掉进卫生间里坏掉了，所以最近他就买了一部新手机，据说他觉得'邮件麻烦，没必要使用'。"

"啊，这样一来，在新手机上就没有录入熟人的邮箱地址和电话号码吗？"

这个就算了，不过他也太不谨慎了。假设人生能够重来，德永繁巳应该重新换一下思维，人有时也会被杀的，不论何时、以何种形式都应该准备写下遗言。

"您要看德永的事务所吗？留在这里也没有什么可看的。"

警部催促着，于是我们就离开了现场。

正在上楼梯时，我忽然想起一件事：视力差的德永繁巳据说没用过邮件，可是他在用手机，那么当然能输入普通的数字，使用 0~9 的数字不是也可以想到什么办法吗？

我一边想着四个人的名字，一边跟在警部身后走着，这时我的手机响了起来，是火村打来的。

"总算打通了，电车总算开了，虽然是慢车。"

他要把这件事告诉我，同时还挂念着调查情况，所以就打来了电话。调查还没有什么进展，所以我把进入警方调查视野的四个人的情况简单地向他说明了一下，最后我揶揄道："就是这四个人，火村老师你准备把宝押在谁身上啊？"

他用充满自信的声音反问："有多少奖金？"

3

    怎么可能？他这么快就推断出谁是凶手了？确定不是在胡说吗？这是不可能的。

    "虽说你远离现场，可也太不知道轻重了，火村老师。仅凭这些信息你就妄想判断谁是凶手，那么警察和我都要无地自容了。"

    "我当然不能确定谁是凶手，但是你刚才问打算把宝押在谁身上，我就打算以玩游戏的心情和你赌一把。我的答案是否准确取决于调查是否继续进行。我要是猜中了，奖金是多少呢？"

    "大阪府警搜查一课的警部就在我身边，赌博可不好。"

    正在走廊的船曳停下脚步，愣了几秒钟。

    "……那么下次喝酒的时候不要 AA 制，但是要去连锁的酒馆。"

    "大众化的店不是很好吗？要是不对，你要请客，好，说定了。

瞎蒙猜中的概率是四分之一。是三倍有利于你的游戏吧？"

真扫兴。

"什么呀？我们只是在比谁猜得更准。"

"不，其实是不一样的。我可不会打这么无聊的赌。我多少有一些胜算。"

警部先走了，我靠在墙壁上。

这个游戏有陷阱。我有可能看错了。

可是在打电话时给他的信息中，显示谁是真凶的暗示却一概没有。

"你不打个赌玩玩看吗？有栖川，这会提高兴致的。"

我要是默不作声，就会被这个困在电车里的男人挑衅，那我就应战吧。我重看了一遍记在手册上的四个人的名字：滨口元哉，河濑清太郎，知念谅，汤村明里。

果然被害人在断气前的极短时间内曾想把凶手的名字输入手机的液晶显示屏吧？只是德永繁巳没有发过邮件，很难想象他在弥留之际会尝试用文字去输入。所以只用数字去传达某个人名……

这是有可能的。如果这样做的话，凶手的名字就会用数字谐音适当组合起来。

Hamaguchi Motoya，太难了。

Kawase Seitarou，这个也难。

Chinen Ryou，这个也难。

Yumura Akari，这个也难。

怎么办，就算强行用谐音的方式去读，他们的名字用数字也表示不出来，更遑论职业、地点、公司名称。我的假设好像有错误。

"我押知念谅。先别问我为什么。"

我胡乱下注。

"行。和我的答案不同。"

"那么你打算押谁的名字？"我问道。

我忽然想起方才在电话里火村说过的话，他当时说："我有一个稍微不太明白的地方。"在前面那通电话里，别说嫌疑人的名字，连人数我都没告诉过他，只说被害人是以恐吓为业去赚钱的。那么是哪一点引起了他的注意？

"有一个稍微不太明白的地方？啊，在问作案现场的情况时，我觉得一个地方有问题，如果你的报告是正确的话，那就很奇怪了。"

我打算把我的所见所闻都如实传达给他，我作为叙述人没抱有任何疑问。

"遗体是在地下室的中央一带仰面朝天横卧着，你说过吧？而且地上有被害人爬行时留下的血痕。"

"是呀，他躺在距离门口还差一点儿的地方。他又打不通电话，所以想凭借自己的力量逃出去。"

"我有异议。"

火村从这里就开始和我唱反调了吗？

"就是这一点，你觉得合乎情理吗？你真的认为被害人爬行是要逃跑，最后力竭而死？"

"这是非常自然的推测吧？从手机一直握在右手里来看，他是打算到电波能覆盖的地方呼叫救护车吧？"

"我并不是说拿着电话这一点奇怪，我想知道在地上一点点爬行的男人力竭而死的话，为什么是仰卧着的？"

关于这一点我只考虑了五秒钟。

那是因为被害人的胸脯上一直插着刀，虽然说是在爬行，实际上是他挺起上身或者是把身体横着移动的吧？最后倒下去时，他意识到胸口上的刀，为避免俯卧才这样的吧？虽说如此，最终完全是仰卧的状态也有些奇怪。

"这一点先存疑吧。"

"你不和我争，真难得。这样的话我继续说下去，那么，为什么被害人是仰卧的呢？在被害人身上没有凶手做过手脚的痕迹吗？"

"好像没有。凶手没有这样做的合理理由。如果凶手有改变遗体姿势的工夫，可能会把留下什么记录的手机带走吧？"

"你从被害人的角度去考虑一下吧，他最大的愿望是求助及获得救治吧？由于打不通电话，无法实现，那么至少应该会想办法告诉别人是谁害死他的吧？"

"就是死前留言吧，这一点我也想到了，不过……"

"我听你说被害人是不会打字、发邮件的人，但是手机上除声音、文字外，不是还有其他收发信息的功能吗？"

是呀，计算器也可以，连接互联网也可以，拍照片也可以……

"用照相机？"

"对，视力弱、无法使用电子邮件的被害人至少可以操作照相机吧？一旦切换场景，然后只需按下一个按钮就可以了。"

"你想说这样做是为了拍下逃走的凶手？"

"让对方身负重伤后，却不给予致命一击就离开现场的凶手也有疏漏之处。而且不理睬被害人，任由他举着照相机来拍摄自己，这样的凶手也太老好人了吧？当然不是，被害人是想在凶手消失后用照相机。"

可是，这样的话，他是想拍摄什么呢？现场只有像混凝土箱子一样煞风景的地下室，能成为拍照景物的东西一个也没有。"

副教授的看法却并非如此。

"有。"火村说。

他一步也没有踏足过现场，在至少三百公里外的遥远地方，坐在新干线的狭窄座椅上，获得的唯一的信息就是我一直在强调那是个"什么也没有的煞风景的房间"。

"只有一个，德永繁巳想把它摄入镜头。看到它就会知道谁是凶手。"

嫌疑人中如果有姓灰谷的，可能会想到要拍摄灰色的墙壁，有姓户田的可能会想到要拍门。可是，四名嫌疑人中既没有姓灰谷的，也没有姓户田的。

"好像你没找对方向啊。那我就告诉你答案吧。被害人是爬到屋子中间后仰卧着死去，如果从那里向上看，能看到什么？"

是天花板。遗体被荧光灯的雪白光线照射着。

荧光灯的……灯光。

啊。

"是汤村明里嘛！"①

"对，虽然你说那是一间空无一物的煞风景的房间，但是天花板上不是好好地有一个荧光灯吗？你却没有描述。濒死时分，德永繁已想摄入镜头的恐怕就是这个。没有人会在毫无意义的情况下去拍摄荧光灯。想必他期待警方看到这个画面能联想到汤村明里的名字吧。"

确实。如果猜对了被害人的企图，我们确实有相当高的程度去联想"灯光——汤村明里"。

他赢了。我这个门前扫地的小伙计终究还是个小伙计。

"虽然谈不上是预告，毕竟只是一种想象，从非常有限的信息中指出谁才是真凶，只不过是这么一个游戏。"

"明白了。趁着你还有兴致，快把结果告诉警部吧。"

虽然尚未查明谁是真凶，我却干脆利落地认输了，胜利的彼岸离我还很远。

*

警察彻底排查凶器的来源，汤村明里终于丧失了企图侥幸过关的途径，最终只好坦白。说出一切的她对被害人临终前的意图一无所知，恐怕火村的推理又中了。

我履约请客是在汤村明里被逮捕大约一个星期之后的事了。

我在初天神通②的酒馆里大方地请火村喝酒，却仔细地问店家要了收据，那是作为采访经费以便报销用的。

---

① 日语中"灯光"一词读音是 akari，与"明里"的读音一致。
② 大阪商业街名。

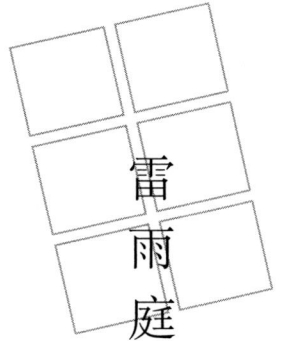

雷雨庭院

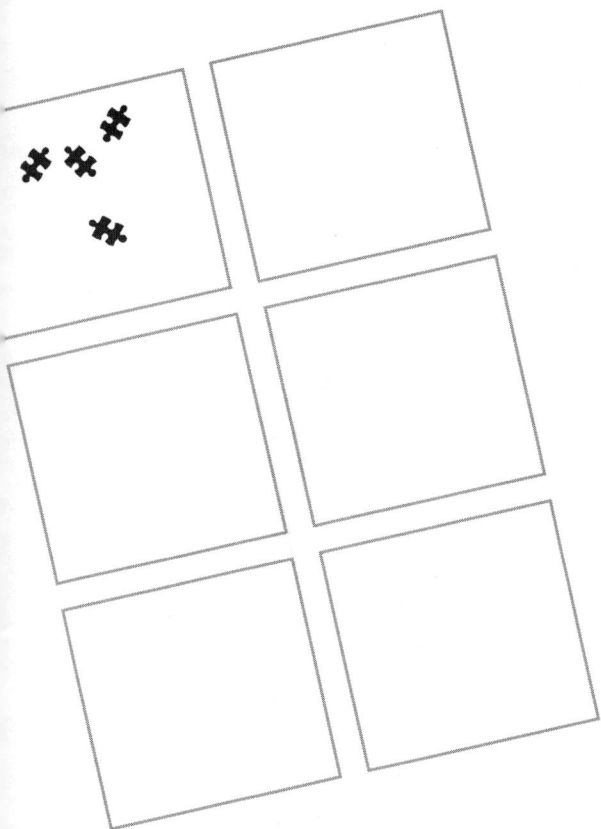

1

“你那边下起雨来了。”一个叫种村美土里的女人说。

“雷也打起来了，轰隆隆地在响呢。你能听见吗？”一个叫早濑琢马的男人指着他身后的窗户。大滴的雨点儿正敲打着窗玻璃。

“稍微能听到些，好像还有风呢，啊，打起闪来了。”电脑屏幕中的女人高兴地说。她的眼睛细细地眯缝着，躲在大眼镜片的深处。

“美土里，你喜欢雷啊，真古怪。”

“喜欢呀，空中一打闪，胸中就涌起壮观的感觉，让人欢呼雀跃不已。琢马先生害怕吗？”

“不，没什么好怕的，不过我对闪电可产生不了想要欢呼雀跃的感觉。先别说这些了，还是继续工作吧，就是你说的紧急会议，如果以现在的状态去进行，恐怕要开到明天早上了。"

"知道啦。马上我就要火烧屁股——坐不住了。必须抓紧时间。而且我明天中午必须去东洋电视台商讨来年节目的问题，所以不想熬夜哟。"

"要花时间去化妆的人真是辛苦哇。"

"喂，你是想说我越来越接近三十来岁的后半段了吧？真失礼，要是手能够到，早就给你一拳啰。"

屏幕中，她做了一个拳击的动作。

"我这可是顾及女性特有的辛苦才这样说的。总之，我没有时间像这样一直闲聊下去了。快点儿工作吧。我们写的剧本《筱崎警部补》需要使出能把凶手逼进绝境的撒手锏，美土里，你有什么好主意？"

"嗯，没什么难的，你听着噢，就是叹气、皱眉再加上表示厌烦就可以喽。"

"别瞎扯，你还是算了吧。"

男人把转着圈把玩的圆珠笔握住，桌子上散乱地堆放着书写潦草的笔记类文件。

"凶手虽然坚称好几个月没有拜访过被害人 A 的家，但在这个环节就能让他缴械投降，重点就在于 A 收集的旧书。"

"唔，A 是旧书迷这一设定要有效利用到最后呢，作为一种编辑术这是当然的。不过怎么才能和旧书产生联系呢？"

"A 在被杀前两天和凶手会面，炫耀自己辛苦搜集的珍稀善本。那时，凶手摸过那本书吧？而且，事发前一天，凶手把 A 的书盗走。"

"啊，那就是事情败露后凶手终于把 A 杀掉了。"

"对。可是，我们的筱崎警部补调查 A 的住宅后，那本旧书放在书架上，于是从那里检测出了凶手的指纹。"

"怎么回事？不是特别珍贵的书吗？为什么会有两本？"

"善本书籍是第一版才珍贵，之后加印的是只要花点儿工夫就能找到的东西，明白吗？"

"明白了。不过为什么会有凶手的指纹？"

"A 是用第二版将就呢。第一版是他长年以来苦心多方搜寻后才得到的东西，不料却有遗珠之憾，书的封面有破损。A 对此耿耿于怀。被杀前，他想出一个绝妙的好主意，在他手边还有一本第二版，是一部良品，那么把第二版的封面拆下与初版的做一下替换不就可以了吗？把这称作绝妙的好主意不为过吧？"

男人摸着下巴点了点头。

"哈哈，确实如此呀。案发前两天，凶手触摸过的初版封皮被 A 用放在家里的第二版做了调换。所以凶手坚持说自己'没有去过 A 的家，A 没把那本书给我看过'就站不住脚了。"

"……这个点子怎么样？"

女人好像没什么自信。

"嗯，有点儿意思。"

"'嗯'就是心里不认同，你要是不佩服，就老实说嘛。"

"不是，这种揭露犯罪的方法很好，但是仍有完善的必要。"

"那当然，我可没觉得只靠这个就可以把事件解决哦。所以想借用琢马先生的智慧，把你的聪明劲儿展示一下给我看看吧。"

"我可没把握，我们一起考虑吧，咱们是作家搭档嘛。"

"《筱崎警部补》这部剧本的创作以琢马先生为主，特别是在推理部分。"

"嗯，先放松一下吧，你是不是想抽烟了？"

看到男人嗤笑着举起食指，女人绷起了脸。

"真是失礼，我一直在戒烟呢。你还在怀疑我？"

"我在神户，眼睛可不能追着你到东京。不过这么一看，你放在桌子上的烟灰缸好像没有了。"

"你说谎，你是看不见的。"

"那也未必。你身后的窗户可以映照出桌子上的东西，除了笔记文具、像是资料一样的书之外，只有咖啡杯。被你隐藏的香烟就在……不不，不能怀疑合作伙伴，我就不挖苦你了。"

这时又传来雷声阵阵。女人立刻做出反应，说："雷声由远及近'轰隆隆'地响着，不是很符合推理创作时的氛围吗？"

"是什么氛围？是恐怖吧，或者是悬疑？"

"大房子里只住着你一个人，你不觉得害怕吗？要是我，绝对讨厌这样的环境。房间要是太大，会让住在里面的人感到不安的，面积合适就可以了，你的房子太大了。"

"看你说的，仿佛我家是座公馆似的。这样的房子也没什么了不起的，用地面积小，远不如你住的高层公寓奢华。一个人住可能是挺大的，不过，我还想找个可爱的老婆，再生三个孩子。正因为我提前想到了这些，才买了这套房子。"

"每天晚上都会有女孩子被你骗来吧？对不起，这次琢马先生好像生气了。"

"我可是正派的单身男性。"

"你的漂亮房子容易让女孩子受到诱惑。什么时候再邀请我过去玩吧。啊，但美中不足的是你有邻居，你和他脾气合不来吧？他是叫鳕田吗？"

"我们最不投缘了，这家伙是个怪人。我搬到这里后，一开始还和他互相邀请到家里做过客。不过在这之后，有一次我和竹中君正在日光平台吃烤肉，并没有喧哗吵闹，但是他忽然跑来对我们发牢骚说'给我安静一下'。我看，他就是迁怒于人。他和他太太好像夫妻关系不融洽，日积月累，就使他变得焦躁烦闷，性格乖僻。不过除此之外，我在这栋房子里住得还挺舒心的。"

"为了能提前还上贷款，你要不停地去赚钱呢。"

"所以说工作、工作！今天晚上我们闲聊得太多了。"

"我现在有点儿头晕眼花，我们俩的生物钟恐怕都不太好。"

"对着专业人士发牢骚、诉苦是不会被谅解的。旧书这条线索在剧本里如何运用会有更好的效果？我们再考虑一下看看。现在几点了？快到9点了吗？我想12点之前，解决这件事。"

"等一下。"

女人露出沮丧的表情，把右手放在眉间。

"你怎么了？"

"替换书籍封面这个情节设定我好像在哪里读到过，你借给我的有栖川有栖的小说里有这个情节吧？"

"有吗？怎么会……"

"我可不想被别人说成是抄袭，所以想确认一下。琢马先生，你记不记得有这一段？"

男人放下笔，抱着胳膊。

"没有，我不记得有这种事，我认为这只是美土里的错觉。"

"我还是担心呀，我们先看看有栖川有栖的书再说吧！"

"要是你坚持的话，我就去拿来看一下吧，那个作家的书我大概有三本。"

男子轻轻地从座位上站了起来。

就在那时——

他们口中的当事人，我——有栖川有栖和他们一样正坐在电脑旁，但并非是为了创作。

我正在视频网站上看《大悲珍藏集》《震惊！世界各地突发事件》等幼稚的视频内容，不禁放声大笑。

2

　　我在阪神电车冈本车站下车后，反复读着手机邮件里告知的道路顺序，向着北方起伏的深绿色山峦迈步走去。这是一个上坡路段，在阪神地铁线之间，从冈本西边的车站出来马上就会看到这条坡道。7月初的阳光非常灼热，我的额头上沁满了汗珠。昨天阴云密布，夜里有雷雨，今天却是晴朗的好天气。

　　我拐了几个弯以后，在两侧分布着精致住宅的道路上继续向前走时，好像看到了我要去的地方。警车停在道路上，看热闹的和前来采访的媒体都把视线投向了那座房子——它就是杀人事件的现场。那是一幢有着奶油色外墙、引人注目的南欧风格的房子，骄傲地矗立在固定车库的上方。如果仅仅如此，那固然可以称得上是一幅美丽的风景，但是不够雅致的蓝色围帘却把它的后面遮住了。

我越过一对散步归来顺便来看热闹的老夫妇，穿过黄色警戒线，我熟悉的远藤刑警并没有和我打招呼，只说了一句"在这边"，就把我领进蓝色围帘。我对这样的场景已经司空见惯了。

"有栖川先生到了。"听到远藤的通报，最先前来的是野上巡查部长。这位难对付的大叔每次都是最先和我打照面的。

"您来得真快，火村老师已经开始工作了，好像是要进行现场实地调查。"

虽然他的不愉快并非特别露骨，可是全身散发出的气场却像是在说"你怎么又来了"。他对踏足刑事圣域的犯罪学家和推理作家，好像无论如何也喜欢不起来。

高个子的桦田警部也向这边走来，他是这次事件的调查主任。"您来得正好。"他用悦耳的声音欢迎我。他与野上形成鲜明的对比，每次都抱着欢迎的态度前来迎接。好像对把火村英生副教授请到现场并与他谈话一事怀有浓厚的兴趣。

"现在还不清楚这是一起什么样的事件，但近来我与老师们好久不见了。"

他的语气像是邀请我去喝一杯一样。旁边的野上转过身去，装作充耳不闻。

这是一座大约有一百六十平方米的庭院，里面疏疏落落地种植着低矮的灌木，一个小型花坛点缀其间。在离房子稍近的地方矗立着一座与儿童身高相仿的石像，是一个微笑的天使。火村正两手插在白色亚麻夹克衫的衣兜里，站在石像的旁边。

222

"遗体躺在那个天使像的脚下。死者头部遭到重击，当场死亡。像是被钝器一样的东西殴打过，在遗体附近没有发现凶器。"

桦田轻轻地敲了一下自己头部的右前方。

"凶手是左撇子吗？"

我是个外行，所以有外行的想法也是很自然的。

"凶手有可能是个左撇子的摔跤手，力大无穷，或者是使用了极具杀伤力的凶器。"

火村好像听到了我的声音，他头也没抬，只是轻轻地挥挥手，视线依旧停留在天使像上。

"我把已经了解到的情况向您大致说明一下。"

警部开始对我讲述起来。

被害人叫䭾田健吾，是这家的户主，四十岁，在神户市内经营一家出租车公司，是继承父亲公司的第二代社长。这座房子是他自己建造的。妻子叫幸穗，三十五岁。夫妻二人没有孩子，过着二人世界的生活。

"昨天，被害人在 7 点一过，就离开位于滩的公司，之后的动向就不太清楚了。妻子幸穗则声称要去参加同学会。"

"声称？这是怎么回事？"

"实际上不是这样。据她说，她是去大阪游玩去了，她在梅田界附近边走边喝，因为觉得喝醉后不便行动，就去了一家酒店入住，清晨回家后在庭院里发现了丈夫的遗体。"

"她一定被吓得不轻吧？"

她玩得入迷，直到早上才回家，却发现有不幸的事情在等着她。

"情况就是这样，目前还不清楚被害人回家的时间。"

"夫人没给自己家打过电话吗？比如说'今晚我要住在大阪'之类的电话，打过吗？"

"一次也没有打过。他们夫妻关系恶化，实际上可能正处于关系破裂的状态。被问到夜间都去哪里玩了，她也语焉不详，很难向刑警说明。"

这位妻子发现丈夫死在庭院后便向警方报案，报警时间是在今天早上 8 点零 7 分。

"她当时十分激动，说'为什么会这样？'。对究竟发生了什么，她好像一无所知。当从警方口中得知是他杀后，她一下变得脸色苍白，昏倒在地，但是头部并没有受创。你要是看了就会明白。"

"死亡时刻推定是什么时候？"我摆出一副老练的架势问道。

"是在昨天晚上的 9 点到 11 点。不过到 9 点 40 分为止，有作案已经结束迹象。"

"这是怎么回事？"

"脚印。"火村说，"据发现者的证词，在遗体周围或者说在这个庭院里，谁的脚印也没有留下来，无论是被害人的还是凶手的。"

庭院里没有草坪，非常泥泞，调查员们的脚印踩得到处都是。如果要靠近天使雕像，地面上不可能不留下脚印。

"昨天晚上下了瓢泼大雨，大阪和京都也下了吧？根据向气象台咨询的结果，这一带在 8 点 40 分开始下雨，雨下了一小时左右就停了。从庭院里没有脚印来看，大致确认犯罪是在雨停前进行的。另外被害人穿着雨衣，从他的衣兜里发现了手套。"

我正边听边点头，听到这里觉得奇怪，不禁"哎？"了一声，问道："他为什么要穿着雨衣呢？而且还有手套，他要在户外做些什么吗？"

"我们问了他太太，她也不太清楚，她好像什么也不知道。"

我最近一次穿雨衣是在什么时候呢？我想起了两年前在甲子园的球场上，我坐在露天座席上在雨中为阪神队加油的场景。如果不是为干农活儿，不太有穿雨衣的机会吧。

"下雨天带着狗散步时也会穿雨衣吧？"火村把我想不到的方面也说了出来，"但这期间被害人并没有养狗，散步时也不需要戴手套。也没有护窗板要被吹跑慌忙出来阻挡的情况。"

"这个暂时先不提。为什么作案现场会在院子里呢？电闪雷鸣中，谁也不可能站在院子里谈话。很可能是他当时正在进行某种户外作业的时候，被闯进来的凶手袭击了。不过，如果说当时是在进行户外作业，却没有留下作业用的工具……"

火村的周围，尽是散乱的塑料番号牌。

"在八号牌的附近，"桦田用手指着护栏旁边，"有一个扳手掉了下来，是被害人家里的东西。"

"那是凶手作案时用的东西吗？"

"不是。从死者的伤口来看，凶器应该是能造成更大创面的东西。检视的先生说'死者像被铅球砸了一样'。"

这只是打个比方、说明一下，但是"铅球"却留在了我的脑海里。

"那么，那个扳手是怎么回事？"

"是怎么回事呢？"

警部命令附近的调查员把现场照片拿过来。火村已经看过了，现在是为了给我看一下。

首先是被害人生前的照片，他穿着西服套装站在汽车旁，一只手放在汽车的引擎盖上。车身上写有"莟田 TAXI"字样。这是在公司拍的吧？他有一张四方脸，眼睛细长，嘴角绽开，目光锐利，有着第二代社长强硬的一面；面孔虽然有些可怕，但是溜肩、纤瘦、个子不高，即使和他面对面可能也感受不到压力和威严吧。

其他的几张照片都是莟田健吾面目全非的照片，像大虾一样弓着上半身倒在天使像的脚下，伤口裂开，看了令人痛心。不过由于雨水已经把血迹洗净，使残酷之色减少了几分。藏青色的雨伞下，是他的黑色破衬衫。虽然拍摄的是庭院的全景照，但是扳手和铅球并不在内。

"遗体旁边是高跟鞋的痕迹，这是他太太的吗？"

警部向我手指的方向看去。

"是，是发现遗体时留下的。调查员赶来时，院子里只有她的脚印留下。丈夫的头部受了重创，已经死亡的事情一目了然，所以她立刻就报警了。"

雷雨过后的院子里留下了一具遗体，究竟发生了什么事情呢？

我向天使像望去，那是一个高度约一米、直径五十厘米、安在底座上的纯洁象征。天使带着天真的微笑，面孔扬起，两只手举在头上，仿佛要把从东南方向洒来的阳光聚集到手掌内。天使体型匀称，右脚向后方扬起，小小的羽翼伸展开去，常被摩擦的表面非常光滑。是用花岗岩，也就是御影石制成的。从这里到西部一带都是用御影石制作雕像。

"天使像的表情非常阳光，这孩子如果会说话，事件将会立刻得到解决吧。"警部一本正经地说。

他——不，天使应该是中性的——那丰满的脸颊，在雨中可能会沾满飞溅起来的血。

我朝这位不会说话的证人目光所及之处望去，只见庭院的一角摆有桌子和椅子，一定是主人和客人在这里喝过酒，才把可爱的石像安置在了这里，成为庭院里的美好装饰。

"我总有些不祥的预感，想向火村老师报告一下。在雨中的院子里杀人这一事件，现在很难判定它的性质。房屋没有异常，也不是偷盗，是否需要先生亲自出马？我感到多少有一些奇怪。"桦田警部说得含混不清。

火村说："这个犯罪现场并不复杂和奇特，可是桦田先生说的也可以理解。就因为如此，总觉得会发生点儿什么……"

"'总觉得'这个词成了流行语了。"我依旧不大明白，"可是你们没有觉得别扭吗？这是什么情况下发生的事件？仔细想一想便可以想到，也许是被害人听到奇怪的声音后，为了查看一下，就带上防身用的扳手来到院子里，结果与小偷不期而遇，于是被殴打了？"

"您的意思是说被害人特意穿上雨衣，在雨夜里出门，有栖川先生？"

我被背后的声音吓了一跳，野上还站在旁边。这位愁眉苦脸的中年刑警还在继续嘀咕。

　　"手套没有必要，把防身用的扳手拿在手上也很不自然，这些东西还得从工具箱里拿出来，大门旁就放着高尔夫用具，直接从高尔夫球杆套装里取出一根球杆不是更快吗？"

　　"啊，高尔夫球杆套装……"

　　"一般来说，如果被害人发觉到可疑的声响和迹象而去打电话报警，便不用与可疑人物直接面对面。很难想象这时候他会把扳手漫不经心地拿在手里外出，况且是在雨夜。而且，这户人家与保安公司签订了安保合同，你们没看到在门边贴着的标签吗？只是因为听到了奇怪的声音就去通知警察，那就太夸张了。这时可以直接把保安呼叫过来。而被害人却穿着雨衣在隆隆的雷鸣声里外出……"

　　我不想与他唱反调，只不过是偶然想到了这些，于是我附和他说："是呀。"

　　"这张照片给我的印象是被害人仿佛想对这个石像做些什么。"

　　火村嘀咕着，野上听了咬牙切齿。

　　"火村老师，那么他到底要对这个石像做些什么呢？你能为后辈我说明一下吗？这个安放石像的地方也许隐藏着宝物，有什么事情发生必须火速给取出来。是这样吗？"

　　"天使像里藏着宝物只是像做梦一样的猜测，遗憾的是，好像并非如此，你们看，天使的脖子不是偏了吗，胳膊和翅膀不是动了吗？对这些地方，我做了一下调查，可什么机关也没发现。"

"这些一看就知道了，因为天使像是用石头做的，用石头！"

这个对我们充满憎恶之情的老家伙不顾手会不会痛，用拳头猛砸天使像的头部。

"但是现在只剩下台座底下还没有检查。"

"啊？这下面能有什么呢？老师，这很奇怪吗？"

"对，为把这个雕像升高或者让它运动，需要道具和人手。我不认为只靠被害人就能做到。"

"那就是说，"我也来凑一把热闹，"被害人和不知是谁的某个人一起想要让它动起来，在这过程中他们发生了纠纷，于是对方使用了暴力。之后，凶手连同移动底座的痕迹因为下雨的缘故一起消失了。"

"这不过是你的臆测。"野上嗤笑道。

"你觉得如何，警部？请您参考两位的推理，把它翻过来看看，有四名身强力壮的男人在这里，可以放心大胆地去这样做。"

"那就试试看吧。宝物取出后，石像就成了空荡荡的抽屉了，火村老师和有栖川先生能帮忙吗？你们能从那里推一下吗？"

四个人一起卷起袖子，又推又拽，天使像终于横倒了下去，石像的底部和潮湿的地面并没有什么特别的地方，于是大家把石像又重新竖立起来。

"结局并不梦幻。"火村一边弹落手上的泥，一边说："是什么原因让被害人来到庭院这个谜先暂时搁置。如果不是盗窃或者因为探宝导致的内讧，那么就必须考虑怨恨这条线了。"

"当然，这是当然。"野上嘟嘟囔囔地说。

对此早已司空见惯的桦田咧嘴说："调查才刚开始，警方马上就掌握了令人感兴趣的重要情况。距离被害人的家最近的警署认识被害人，他好像和隔壁邻居有矛盾。"

警部得意起来，但是蓝色的围帘墙已经围好，看不到邻居家。

"住在隔壁的是一名叫早濑琢马的编剧，好像是个相当有名的人物，有栖川先生好像知道他吧？"

我点点头："是个红人儿，不太看电视剧的我也常听到他的名字。他和一位叫种村美土里的女性组成搭档，最近很活跃。中村美土里住在东京。"

"他们是搭档，却分别住在东京和神户吗？"

"在通信手段发达的现代社会，这没有什么障碍吧？使用电脑视频就可以面对面地商谈了，我在杂志上看到过这类新闻。"

"是像视频电话会议那种形态吧？"

"早濑琢马原来住在这里呀？被害人和他为了什么事产生了不和？"

"早濑先生在两年前搬到这里，一开始和被害人是关系融洽的好邻居。不过在一年前，早濑先生进行装修时产生了噪声和粉尘，釜田于是表示不满，之后就变得关系不和。编剧应对得可能也不够好，从那以后两人就到了水火不容的地步。为了双方住宅基地的界线分得不清楚，对方种的树伸到自己家院子里来了等事情，被害人不断向早濑表达不满。"

"因为这些事情，被害人去找警署了吗？"

"还没有到那一步。但是他向警察抱怨说，邻居家来了只进不出的女性，是不是被早濑监禁了？或者是闻到了恶臭，是不是早濑在做毒气瓦斯？虽然是些不太现实的话，但是派出所也不能轻视。万一真有这样的事呢？所以巡警找早濑谈了两三次。可是稍微一调查，就知道全都是箸田自己在造谣，所以他成了派出所要注意的人物。箸田不肯接受这样的结果，之后又去警署说了几次类似的话，结果每次去都让警署大伤脑筋。"

"这样的事，箸田太太会怎样看呢？"

我很关心这一点。

"箸田太太只是说：'有点儿奇怪。'详情请您自己去问她吧。"

于是，我和箸田的妻子幸穗进行了面谈。

3

　　她坐在用木雕装饰起来的客厅里，因为夜晚外出游玩刚回来，她一身黑色和粉色相间的套装散发着和谐的光泽，佩戴有搭配着贝壳的华丽首饰。短裙的长度在膝盖以上十厘米处，齐肩中长发利落而整齐，面孔质朴，身材并不匀称。她和火村老师一样，在时尚方面可能缺乏审美，流露出某种迟钝感，但一开口说话却有着一副可爱的嗓音。

　　"我们给早濑先生添了很多麻烦，对此我深表歉意。那位先生是颇受欢迎的红人，在情绪上却能体谅和宽容我们，也许是因为他要维护自己的名声的缘故吧。不管怎么说，他对我们这种荒唐无理的挑衅并没有采取严厉责备的态度，还用温和的语气对我说：'夫人您也很不容易呀。'也许是他太忙，不想在邻里不和之类的事情上花费时间。"

她对丈夫的行动只是表现出厌倦、不愉快。誊田健吾举报的事情在邻居家里都没有发生过。

"在你面前，他说过想要无中生有、散播谣言之类的话吗？他真觉得早濑先生可疑吗？这两种情况到底哪一个是真实的？"火村想确认一下。

"那是……他是不是真这样想，我也不清楚。他对我说过：'千万要小心，早濑家的毒气瓦斯飘过来的话，我们就要去见阎王爷了。''最好调查一下出入早濑家的都是些什么人，特别是年轻的女人，进入的人数和出去的人数对不上。'我觉得他像疯子一样。他连车辆的进出也要进行监控。确实有女性频繁出入早濑先生的家，不过早濑先生有钱又单身，受欢迎也理所当然吧。我并不能谴责早濑先生，我丈夫其实很嫉妒早濑先生拥有这些吧。"

丈夫被害，她却出人意料地冷静。警察来到现场时，她可以称得上激动，之后大体就呈现出虚脱状态，但她接受警方质询时应答得井井有条。

"要说是因为嫉妒，一般情况下用不着这样做吧？"野上在旁边说。

我和幸穗的会面是在野上的见证下进行的。幸穗说了句"那是……"之后，就语塞陷入沉默。老练的刑警于是用视线撬开了她的嘴。

"就算我想隐瞒，别人也会说出去，那我就开始说吧。我们夫妻并不和谐恩爱，在各个方面都有很多不一致。不过却没到关系破裂、需要认真考虑离婚的地步。"

看来她做好了要说出来的精神准备。她把刘海儿向上拢了拢，挺起胸脯，用楚楚可怜的声音说："原因之一是我有对我表示关切的男性朋友。我说过只是朋友，而我丈夫却过分地猜疑和嫉妒，所以我们之间的裂痕越来越大。渐渐地，关系就不稳定了。"

"到了这个地步，你还说关系没破裂吗？"野上絮絮叨叨地说。

"这很奇怪吗？但是我们最近没有吵架，只是他和以前一样总是不高兴。他不会对我发牢骚，如果我说要离婚，那么他为了避免此事什么都会做。他会向我低头。"

听到这里，我们终于明白，他们夫妻关系变差与鳕田健吾开始骚扰邻居家的时间大体一致。日益积累的不满无法对妻子发作，只好向第三者发泄。鳕田其实也是很可怜的。

"你被他爱着呀。"我这样说，尽量注意让话语里听不出嘲讽的味道。

她毫不迟疑地立刻回答说："是的。"

在男女关系上有一方是强势的，这并不少见，以这种状态也可以发展顺利。但是强势的一方如果缺少体贴则是不对的。

"难道昨天晚上也是和那个朋友在一起吗？"

火村用沉着的声音问。

"是，我和他见面了。他很忙，我们并不能常见面。"

对方是工业设计师，是她中学时代的同学，一年前在梅田的街上不期而遇。两人一起喝茶后，便发展为幽会关系。

"您丈夫知道这件事吗？"

"我没坦白过,只告诉他有同学聚会,会晚些回来。同学聚会有第二局,和没结婚的朋友们在一起,气氛很热烈,大家会在卡拉OK歌房里唱到天亮,所以我说'可能明天早晨回来'。"

"您丈夫的理解力可真了不起。"野上露出鄙夷的神情。在他家里,这是不可能的吧。他嘴里叼着铅笔,打开手册。

"能把对方的名字和联络方式告诉我吗?"

"这有些……我怕给他添麻烦。"

"可是,因为他和你在一起,警方有必要问他一些话。"

"难道是要调查我不在现场的证据吗?"

"不是难道,而是正是如此。我们必须搞清楚你的行踪,因为你是被害人身边的人。"

"您是想说'何况我们的关系并不好'?这是无中生有的怀疑。我不是凶手,即使不用调查我交往的那名男性的品行,我也能证明。"

"你怎么证明?"

"昨天晚上8点,我在西梅田的比尔酒店打算与对方会面。我刚才说过,他非常忙,他打电话联络我说有紧急工作,会晚点儿到。于是,只有我在酒店吃了饭,之后去酒吧喝了酒。如果你们去调查,酒店服务生可以给我做证。我用信用卡付的款,也留下了带有我笔迹的记录。"

"原来如此。可是就算是这样,我们也不允许你隐瞒和你交往的男性是谁。你当时在酒店,有不在场的证明。可是在这期间,那个人有可能去谋害你丈夫。哎呀,我只是说可能,你用不着怒气冲冲地瞪着我。"

很明显，幸穗极不愉快，但是她不得不回答。

"他确实是工作忙。听说他在东梅田的事务所开会到 10 点。不在现场的证据完美。如果知道这一点之后就不要再去打扰他了。我非常希望你们能早点儿抓住凶手，但是请谨慎行事，不要做过度的调查。"

野上合上手册，站了起来。

"接下来就交给两位老师了。我现在要把听到的事情向警部汇报。"

他脚踩木质地板快速离去。问话暂时结束了，幸穗发出一声叹息。

"没想到会这样，我竟然遇到了刑警，本来觉得只是电视剧里才有的事。"

"像《筱崎警部补》那样的事吗？"

我问过后，她用力点点头。

"哎，您是有栖川先生吗？有栖川先生也看过那个电视剧吧？作为推理作家，对您有参考作用吗？"

"有时候会吧。"

能让我赞叹的电视剧有好几部。

"筱崎警部补有怀旧情结，有人情味儿，和现在的刑警非常不同。现在的刑警感觉很阴险。"

"这是工作，没办法。"

我居然能维护像野上那样的老头子，感觉自己成了了不起的社会人。

"如果你们还有要问的，请问吧。无论问什么我都不会受影响，不会觉得麻烦。啊，也没给你们倒茶，对不起。"

火村总是很绅士："这时倒不倒茶都没关系。我问你几个问题，你们夫妻之间有芥蒂，和邻居的关系也不好，除此之外，您丈夫还卷入过其他纠纷吗？"

"没有。他经营出租车公司虽然很辛苦，但是有企业和团体的固定客户，听他说能顺利运转。公司内部好像也没什么问题。专务和总务科长今天也来了。"

到刚才为止，他们还陪着幸穗，眼下正在其他房间接受调查员的询问。

"他的人际关系如何？"

"我想不起有什么不妥的。让他烦恼的只有两个人，就是我和早濑先生。"

"同学聚会的事，你丈夫相信吗？有怀疑的举动吗？"

"没有怀疑的举动。不过，他内心怎么想的我就不知道了。大概就是不接受也要接受吧。"

"你和设计师朋友之间有来往的事呢？"

"我说我们在半年前断了联系，我丈夫相信了。"

说到一半，她眼角涌出泪水，她是想让人觉得她丈夫很可怜吧。

"你是今天早上 8 点回来的吧。"火村淡淡地继续问道，"马上就发现他倒在院子里吗？"

"我从这里……看到的。"

她用手指着面向后院的窗户。火村扭头向后看去，的确可以看到天使像，也可以看到遗体的位置。

"于是你就出了大门，来到院子？"

"是的，我知道他已经死去很久以后，马上就给警察打了电话。我能做的只有如此了。"

"你触碰过遗体吗？"

"我摇了他的肩，这样不行吗？"

"可以，这是很自然的吧。除此之外，还动过现场的什么东西？"

"没有。"

"看到遗体后，你注意到有什么古怪之处吗？"

"没什么特别的，只是想为什么要穿着雨衣呢？"

"看起来，当时他正在雨中的院子里做着什么事吧。"

"应该不是吧，并不是在修补漏雨的地方。也没有什么漏雨的地方。"

"这房子和院子有什么奇怪的地方吗？"

"刑警先生刚才也问过我同样的问题。我四处查看了一遍，门好好地锁着。刑警先生咨询过安保公司，警报设备也没发出过警报。"

"在天使像上也安装了报警器吗？安装的位置是不是移动了？"

"还在以前的位置。"

"安在那个石像上，有什么特殊的来历吗？"

"来历？老师你用了一个很深奥的词汇呢。没有什么特别的。半年前，我经过花岗岩石材店前因为喜欢买的。并不是什么贵重的东西。"

　　接二连三发问的火村到这里稍停片刻。他摸着鼻头，稍稍歪头。于是，我直截了当地问："究竟是谁对你丈夫做了那种事？没有线索吗？哪怕稍微有瓜葛的人，请你不要顾虑，马上说出来。"

　　"这……"

　　她犹豫着要不要说出来。这也只有五秒左右。

　　"看来还是早濑先生。"

4

　早濑家的大门朝北，和嶜田家正好背面相向。朝北会让人感
到室内光线不好，但听说客厅等生活空间是朝南的良好布局。

　相对于外形平坦的嶜田家，早濑家的房子仿佛向上跷起脚来。
虽是一人独居，却坐拥三层房屋，真是够奢侈的。这是一栋贴满
微红方砖的房子。坡度较小的屋顶上附有天窗，是带阁楼的吧。
虽然距豪宅的标准很远，从平民的角度来看，也只有叫它豪宅了。
门柱上贴有和嶜田家相同的安保公司的标签。

　这次，火村和我由年轻的远藤刑警带领，去见早濑琢马。

　他对能和名人面对面，感到十分新奇。其实用不着新奇。这
位受欢迎的编剧不仅知道我，还读过我的若干本著作，作为一个
作家，我的心情很难不好。

"有栖川先生作为推理作家协助警察调查？没想到您会这样做。这是秘密吗？我不会说出去的，请不要担心。"

他举止温和，思维敏捷，如同他在报纸杂志上给人的印象，是一位淡泊宁静的美男子。

以女性的眼光评价他的话，他属于眼神清澈、纯净的那种类型吧。他那双漂亮的弓形眉是去美容院修补的杰作吗？

"协助警方调查的是火村副教授，我只是他的助手。"

我徐徐向他说明，他的注意力立刻转向了火村。

"您在英都大学讲课，实际上却是有名的侦探吗？真有意思。目前为止的电视剧里都没有这种设定吧？能让我把您当作原型吗？……不行是吧？"

火村面无表情地说："请不要声张出去。"

他家的客厅朝南面向后院，院子里的草坪正吐着嫩芽。虽不那么宽阔，但带拱门的花坛和大理石水盘等设计却让院子显得很充实。如果到和客厅相连的日光平台上饮茶，将是一桩赏心悦目的乐事吧？不过现在，周围已经被蓝色围帘围住，让这美景大打折扣。

"听说邻居家发生了意想不到的事件，我大吃一惊，找到凶器了吗？"

"没有。"面对早濑的询问，远藤摇头，"警方还在调查中，凶器被凶手拿走了吧？昨天晚上天气那么恶劣，现场保存状态很差。如果是筱崎警部补，也会很辛苦的。"

"刑警先生，您看过那个节目吗？"编剧听了远藤的话喜形于色，不过远藤却直截了当地回答说，虽然听说那个节目很受欢迎，却没有看过。

"是呀，真正的刑警是很忙的，不可能对这种虚构的事件感兴趣的。"

"我太太喜欢，好像经常看呢。"远藤注意到他的心情，小心谨慎地说，"早濑先生十分繁忙，我们却在上午就来打扰您，还请见谅。有关昨天晚上的事，我们想问问您。"

"从几点开始说起好呢？那就从 7 点吧。"

早濑抱着胳膊，轻轻摇晃着上身说了起来。

"我一般都在 7 点吃晚饭，无论是自己做还是出去吃。昨天我是在家自己做的饭，我烤了朋友送给我的但马牛肉。吃完后，我开始进行工作上的准备。昨天下午，东京的搭档给我打来电话，说要在晚上和我研讨电视剧剧本的事。"

"你们是用电脑在网上研讨的吗？"

"这是让社会变得方便快捷的东西。如果互相看不到表情，就无法心灵相通。正因为已经变成这样的时代，所以我能回到喜欢的神户来。"

他原本就是神户出生的人。

"研讨从晚上 8 点半开始，按照预定时间开始后一直持续到午夜 12 点以后。最后让我的助手竹中君帮忙把讨论的内容整理了一下。"

"哎？助手吗？"我不禁插嘴说道。

"竹中君是我在大阪的剧本创作学校当临时讲师时认识的，

他会帮我干一些杂务。昨天他临时借我的车外出了一趟，10 点左右把车还回来后他也加入了研讨。所以从 8 点半到 10 点，这间屋子里只有我，之后是我和他两个人。"

那么在案发的时间段里，外面正下着大雨，而早濑在这期间始终是一个人。

"你把车借给竹中是在几点？"

"在 8 点之前。他驾车从我家到大阪电视台开了一个来回。"

如果从 8 点半到 10 点竹中没在这里的话，好像没有必要再去询问他了。

"反复问您同样的问题，真对不起。"远藤停止问助手的事，"接下来言归正传，9 点到 11 点这期间您有没有注意到有什么异常？"

"这应该是警方推定的死亡时刻吧？很遗憾，我没听到过有什么奇怪的响动，也没看到过什么可疑人物，我一直都在盯着电脑屏幕。虽然就在现场附近，但是很抱歉，我没发现什么。"

"您离开过电脑前吗？"

火村话音刚落，早濑就把抱着的胳膊放下了。

"这个嘛，嗯，我去过好几次卫生间，也起身去拿过资料，为加咖啡也去过楼下。"

"楼下，您在哪个房间工作？"

"在三楼朝北的房间。从那里的走廊来到窗户前就可以看到邻居家。"

"院子呢？就算是在雨夜里也会有长明灯的灯光，而且看上去这里到邻居家之间并没有种植高大的庭树，来到这里后我也没发现有高大的栅栏。"

蓝色围帘跟前只有一个高约两米的金属栅栏，从三楼是能够看到邻居家的院子的。

"那是碧田发了牢骚，他说：'你家的树叶总往我们这边落，你快给砍了。'虽然不可能总往他家院子里落，不过也可能会给他造成一些困扰，并且那人也有些地方不正常，为了避免麻烦，我就把树移植到了东边。嗯，我才不会砍那棵无辜的树。不过也因此造成东边的树木过剩了。"

淡淡的叙述中，他流露出对邻居的不满。

"刚才您说什么来着？哦，对了，您是问我从走廊的窗户看邻居家，没注意到有什么异常吗？没有。我去卫生间或去拿资料时，并不会逐一观察窗外的景物。顺便说一下，我去拿的资料是有栖川先生的著作，我的搭档说想看看。"

"种村美土里想看我的书吗？"

这可真是不敢当啊！

"我们想到了一个点子，但她说好像在有栖川先生的著作里读到过，于是我就去确认一下，看看手边的有栖川先生的书里有没有。还是她记错了。"

虽然我很想知道那是什么点子，不过现在不是问这个的时候。虽然早濑采取了合作态度，会面前叮嘱说："不要超过必要时间。"他心直口快，能把自己的意见清晰地传达出来。

既然他坚称什么也没见到、什么也没听到，火村也只好作罢，转换谈话方向。

"看来簪田先生给您添了很多麻烦。"

"是的。他中伤我，还报警，我真是无奈。没有几个人像他那样做事，虽然刚开始的时候，我们的邻里关系很好。"

以早濑家装修房子为节点，他们的邻里关系变得微妙起来，背后却是簪田夫妻之间的关系不和睦。他提供的信息都是我们已经知道的。

"什么事让您最生气？"

"工作为此受到影响让我很厌烦，但我努力克制了。我对自己说那是一个可怜的人。"

"他说早濑先生监禁年轻女性、制造毒气，这些是从什么地方传出来的谣言吧？"

"那是他的想象。他从报刊的社会栏目或者是电视的综艺节目上找到一些事例。现如今，如果想要诽谤邻居，就把这些恶事当真即可。什么时候我可能也会把这些用到电视剧创作上去。"

看来他想说簪田健吾是毫无根据的造谣中伤。

"您对幸穗太太有什么样的印象？"

"她丈夫是个怪人，她很可怜吧。在家庭内部，想必他是个暴君吧。"虽然簪田并非如他所说。"可是她希望有个解决的办法吧。她看起来非常苦恼的样子。"

"刚才您说簪田夫妻的关系不和睦，近邻都这么传吗？"

"这一带房子稀疏，没有几户人家，要说我的近邻也就只有簪田了。我虽然没有听过这类传言，但是听到过他们的吵架声。

最近虽然没有了，前阵子却很夸张。在一个晴朗的周日下午，我开着窗户正在喝茶，就听到了争吵。有时，我到日光平台上去，会清楚地听到他们在说什么。当时砻田大喊：'你和那个男的真的分手了吗？'我听了心想那个太太真是人不可貌相。不过即使如此，砻田也太过分了。"

这是他因为厌恶健吾而不分青红皂白吗？但是他对幸穗则非常宽容。"我可不是偷听，请不要怀疑我的人品。"

从日光平台到栅栏间只有大约七米的距离。不对，应该说也有七米的距离吧？邻居家的院子宽度也有五米，砻田夫妻如果大声争吵自然能够听见。

"砻田先生在别处也会起纠纷吗？"

"他只把我当成眼中钉。不过就他那个样子，可能在公司也会出什么事吧。你们最好去调查一下他公司内部的人际关系，就会发现很多类似的事。失礼了，我要去写筱崎警部补的故事了。"

火村一脸严肃地继续询问这名苦笑着的男子。

"早濑先生受了砻田先生的骚扰，在人身安全上受到过威胁吗？"

"没有。那个人的武器只是他的嘴，绝不会动手的。可能是他身体不健壮的缘故。不过可能他会打他夫人吧？"

他好像对砻田有误解，认为砻田是个有暴力倾向的丈夫。夫妇之间往往被这样误解，还是因为砻田夫妻比较特别呢？

"屡次被砻田中伤，我真的很生气。我在气急败坏之下曾对他大喊：'能适可而止吗？'只要被如此呵斥，他就畏缩地说：'不要动粗。'看到他那个样子，我就觉得没必要怕他，就安心了。"

"原来如此。"

火村再次停止询问，是无法获得新信息后渐渐对早濑失去了兴趣吧。他转而说起其他事来："我想听你说说你的搭档种村小姐还有助手竹中先生的事。"

编剧眨了两三次眼睛。

"啊，可以。虽然没有达到照顾我生活的程度，不过竹中在白天会去打工，今天他休息，要把他叫来吗？他住在摄津本山，步行就可以到这里。美土里小姐现在正是从电视台回家的时候。他们两人都在今天下午和刑警通过电话，知道出了杀人事件。"

于是远藤点点头："我打电话联系一下，请稍等。"

他拿出手机，拢起额发，按照竹中、种村的顺序打起电话来。

5

　　每层楼梯的墙壁上都挂着华丽的抽象画，爬上三层楼的台阶，可以看到南侧的走廊有三个窗户。

　　虽然能俯瞰邻居家的屋顶和二楼，但犯罪现场却被围帘遮住无法看清。

　　北侧有三个房间。台阶旁的房间是早濑琢马工作的地方；旁边的是书库；最里面的房间平时不怎么用，据说如果有客人就睡在那里。

　　"也就是相当于客房吧。咦？对面有一个小楼梯呀。"

　　在走廊的尽头，灭火器就像一个红色的艺术品一样伫立在那里。在它前面有一个很陡的楼梯，一直延伸到上面。

　　"老师还真是敏锐啊，那是一个阁楼，用来放东西的。如果老师您怀疑我把女人监禁在里面的话，您只管去搜查。"

"那个房间有天窗，我不认为它能监禁一个成年女性。不过要是锁起来的话……"他挠了挠头，"我还是别开这种无聊的玩笑了。先别管这些了，现在您要和美土里小姐联系是吧？请。"

工作的地方只有十五张榻榻米那么大，一张大型书桌摆放在窗前，桌子的右侧是一个钢架，桌子和钢架上都摆放着一台台式电脑，靠墙的书架上整整齐齐地摆放着参考资料以及文件之类的东西。看得出来，早濑是个一丝不苟的人。这个房间里没有多余的东西，没有装饰以及可供娱乐的地方。墙壁上的日历印着附近酒馆的名字。

"看这里乱的，真是不像样。"

他一边说一边收拾桌上的笔记，好好整理了一番。坐进扶手椅之后，他弯着腰敲击键盘，登录了显示着几何学线条屏保的电脑。

"哇，大家都在啊？"

出现在屏幕里的种村美土里捂住嘴，仿佛因为我和火村站在早濑两侧而感到惊讶。站在书桌旁的远藤也进入她的视线了吧。

不知道是不是换衣服的时候着急了，种村整理了一下黄色T恤的衣领，将披肩发拨到了背后。她看起来眉清目秀、性格开朗。

"对了，我来介绍一下，你在书籍上看过作者近照应该认识吧，他就是有栖川有栖先生。坐在你对面左侧的那位就是我刚才说过的火村老师。两位老师，请。屏幕上方就是摄像头，因为它自带了高性能的麦克风，所以不需要耳机，就这样面对镜头说话就可以了。"

由于是初次见面，我们互相寒暄了一番。种村自我介绍后，向我们低头致意，让人深感她是在一个极其重视礼节的环境下长大的人。

"我的邻居箸田亡故一事，警察已经和你通过电话了吧？大体已经清楚来龙去脉了吧？因为我离事发地点比较近，所以被盘问了一番，比如有没有注意到有什么奇怪的地方之类的。火村老师也有话要问你，可以吗？"

"我觉得……要我提供比琢马先生更多的信息，估计会很难……不过没关系，问吧。"

"那就轮到问你了，请坐。"早濑站了起来，邀火村入座。

与副教授相向而坐后，种村紧张地调整了一下坐姿。

"不会占用您太长时间的。"

他只说了这么一句开场白，马上就进入询问环节，但只是问她昨天晚上与早濑的谈话是从几点到几点，在此期间有没有听到什么可疑的声响。

"可能我帮不上您的忙了，从晚上 8 点半到 12 点我一直通过电脑在用麦克风说话，什么也没有听到。神户那边昨天晚上下雨了，也打了雷，我能听到一点儿雷声。其他声音都被雷声覆盖了，即使隔壁有什么可疑的响动，通过麦克风也是听不到的。"

这种回答在预料之中。我以为火村要结束问话了，没想到早濑比我脑筋灵活。

"火村老师，我在这里的话，估计您会觉得不方便询问，我先离开一会儿。"然后，他将脸凑近麦克风，"我去走廊了，你要照实说哦，帮我洗清嫌疑，美土里。"

"哎？琢马先生是嫌疑人吗？"

他的搭档再一次捂住嘴。

"不知道，不过如果我是筱崎警部补或者火村老师的话，我也一定会问：'早濑先生，你中途有没有离开过十到十五分钟？'之类的话。十到十五分钟足够我去隔壁做些什么再回来了。你说呢，老师？"

火村闻言苦笑。

"既然您都说到这份儿上了，那您在这里把我要问种村小姐的问题听完也没什么。"

"不不，还是当事人不在场好一点儿，我就在隔壁的书库，结束后您叫我吧。"

他出去以后，视频里的种村露出不安的表情。

"您在怀疑他吗？"

火村摇头说了句："没有。"

"目前我们并没有锁定嫌疑人，请放心。"

"隔壁的蓉田一直在骚扰琢马先生，而他应该不会去报复蓉田先生。不可能去杀他的。"

"是这样吗？如果真是这样，那就可以表明他是清白的，警察也省了调查的工夫。"

"是呀，如果是这样的话。"

由于火村凝视着屏幕画面，她有些不知所措，不知道该往哪里看才好，随后她索性抬起头来勇敢地与火村对视。

"老实说，昨晚8点半到12点之间，早濑琢马根本就无法从电脑前离开，哪怕是十分钟。"

"你确定吗？"

"我发誓。"

"但也不可能片刻都没有离开吧，比如上厕所、拿资料、冲咖啡之类的？"

"这些情况当然是有的，但是也没有花十分钟这么久啊，顶多也就……七八分钟吧。"

这不已经相当于十分钟了吗？但是火村并没有那么咄咄逼人地问下去，我也认为没有这个必要。如果他说了句"失礼一下"便中途离席，然后跑到隔壁杀了簪田健吾之后再快速返回的话，十分钟是不够的。两家人的房屋是背向而建的，大门和大门之间离得并不近。在千钧一发的紧急关头，如能瞬时击毙簪田，那么有可能勉强按时返回。当他抵达时，会像到达终点的马拉松运动员一样累得气喘吁吁吧？火村问了一下这方面的情况。

"早濑回来的时候样子奇怪吗？"

"呼吸很紊乱之类的吗？没有。"

"他的举止有什么变化吗？"

"没有，没有杀了人之后惊慌不已的那种表现。"

"当时他的头发或衣服湿了吗？"

"我不是都说了吗？没有什么可疑之处！"

种村的嗓门提高了，火村急忙把音量调小。其实即使不这么做，在隔壁的早濑也听不见。种村似乎非常不满。

"火村老师，您的问题也太烦人了吧？我知道您在想什么。我去过琢马先生家，出了大门后，绕一圈去邻居家的话是很远的。我本来想说可以翻越后院的栅栏过去，但那是不可能的，那样更浪费时间。他不在这里我才这么说，别看琢马先生看起来很健壮，其实他并没有运动细胞。如果要他翻越那个围栏，估计得送他到自卫队里去训练半年。"

种村如此评价早濑，他听到这些估计会受伤吧。

"很抱歉打扰你。请你尽力地回忆，尽量准确地告诉我早濑离开了几次，离开了多长时间。"

她摘下眼镜，擦拭着两只眼睛，很不情愿地回答："他去旁边的房间拿了一次资料，这是为了去找有栖川有栖先生的书，最多花了两分钟；上了一次厕所，花了三分钟左右；去冲了一次咖啡，花了七八分钟的样子，说八分钟也是可以的。"

"种村小姐应该也离开过座位吧？"

她重新戴上了眼镜："我只上过一次厕所，虽然花的时间比男性多，但是也不到五分钟。还有，我也去冲了一次咖啡，另外还去给速食面加了热水，只花了两分钟。这些加在一起的话，是几分钟呢？我粗略算了一下，是二十分钟。但是，这有什么意义呢？他去隔壁杀了人，调整好呼吸之后再回到电脑面前，满打满算需要十几分钟，而不是十分钟就能搞定的事。"

她说得对，从这里到犯罪现场之间往返是无法将时间分割开的。

"听说您是有栖川有栖先生的朋友，是犯罪学专业的老师，我对您抱有很大期待。而且我在写'筱崎警部补'系列，觉得可能从中获得一些灵感。"

"我不断辜负了你的期待吧？太抱歉了。那我先退下吧，换有栖川先生来吧。"

喂，我可什么都没准备好哇！我正这么想着，火村已经将位置让给了我。我没时间慢条斯理了，必须提出实质性的问题。

"嗯，昨晚 10 点之前，你一直在和早濑先生开会，之后竹中先生又加入进来了，是吧？"

"因为琢马先生的助理回来了，于是就想听听他的看法。因为当时我和琢马先生的构思正好遇到了瓶颈，于是他帮了我们的忙。"种村很平静地回答了我的问题。

我提高了声音："竹中先生从 10 点以后就一直和你们在一起吗？"

"是的。他就坐在琢马先生的旁边。他好像一次都没有离开过房间吧？是的，确实没有。因为工作进展顺利，两人好像还去西宫北口的酒吧里喝了酒。那是打烊后也可以让他们进去的店，因为是熟人开的。"

"那他们是开车去的吗？"

"不是。他们说要坐出租车去。"

"啊，原来是这样啊。那么，早濑先生当时拜托竹中先生为他跑了一次腿，到底是为了什么事，你知道吗？"

虽然这个问题可以在这之后分别询问早濑和竹中，但我现在就有些在意。

"好像是拜托竹中先生替自己去还一份资料，那是琢马先生从难波电视台制作人那里借的旧资料。虽然可以用快递寄过去，但是琢马先生说让他去电视台里多走动走动，混个脸熟，这都是为他好。"

"哈哈，原来是这样啊，早濑先生对他这么好，"我没话找话，"差点儿让我误以为竹中先生是女性。"

"琢马先生喜欢女性，但还不至于对男性也出手。"

我稍稍开了点儿玩笑。

"听说种村小姐和早濑先生是从大学电影研究会时代开始就一直来往，我是在杂志上看到的。你们只是工作关系吗？"

也许这问题不太礼貌，对方却若无其事地回答说："一直都是这样的。我们从学生时代就一直是很有默契的搭档。别的没什么了。他没在这里我才这么说，他并不是我的菜。我这种漫画形的脸他也不喜欢吧。"

"你是漫画形的脸？没有这回事。"

"有栖川先生还真是嘴甜。"

她好像对我抱有好感，我们不知不觉地就闲聊起来。

"酱田先生怎么会和早濑先生产生纠葛的？作为旁观者，种村小姐你怎么看？有什么想起来的事吗？"

"因为我也不在他的身边，所以不太清楚。他只向我抱怨过，说因为住的地方离酱田先生很近，所以常常被迁怒。把女性绑架后监禁起来这种造谣中伤真是性质恶劣，请你们不要相信，他没有这些怪癖。我知道变态的人是什么样子。他对自己受人欢迎这一点很有自信，到现在也有这个自信。至于制作毒气，他不仅不擅长运动，也不擅长理工科。"

"这样啊，原来如此。"

我感觉没什么好问的了，火村也觉察到了这一点，就去隔壁屋子把早濑叫过来。早濑走进屋子，向搭档微笑，这微笑左看右看都不是对恋人的微笑，而是对朋友的微笑。

"你应该都仔细回答了吧？谢谢你，火村老师看我的眼神都变了。"

"太好了，但是琢马先生，你一定要锁好门窗哦，说不定凶手还在附近。"

"没事，比起这些，美土里，你要节制吸烟，我从窗户玻璃上看到了桌边一角的打火机。"

不知是否因为失误被曝光而痛恨，被他指出来后，种村绷紧了脸。

6

　　我们刚来到楼下的客厅不到五分钟，就听见门铃响了，这人按门铃的时机刚刚好。是竹中。早濑迎上去说："突然把你叫过来，真是不好意思呀。"

　　"没事。我早就习惯了你常要我马上过来。"

　　他一边说一边往客厅走，看到我们之后他沉默不语。

　　他二十六岁，但是看上去很年轻，皮肤光滑，就像是大学生一样。宽松的黑色 T 恤搭配牛仔裤，脚上穿着锐步的运动鞋——一身街头时尚的打扮，仿佛他不是要做编剧，而是打算做音乐家。

　　介绍完全部人员之后，早濑抱着和刚才一样的顾虑，说道："我去院子里吧。"竹中一脸不安，早濑拍了拍他的肩膀。

　　"别一副被筱崎警部补追捕的样子，照实说就行。"

"好的。"竹中有气无力地回答。早濑又拍了拍他的肩膀，穿过拉门向日光平台走去。

"竹中先生，你不用那么紧张，放轻松一点儿。"

远藤只说了这一句，之后就交给了火村。副教授松了松领带，说："那么我们开始吧。我不会问你很难的问题，你就照着你的记忆说出来就行。你昨天受早濑之托帮他打下手了吧。这是怎么回事呢？"

他把我们之前听到的答案又说了一遍。他在 8 点来到这里，之后就去替早濑还从难波电视台制作人那里借来的旧资料，10 点返回早濑家。资料都放进了一个纸箱里，来回都是开早濑的车。远藤把那个制作人的名字和电话号码都写在了记事本上。

"他经常让你帮他做事吗？"

"他偶尔会帮我制造在电视台露面的机会。因为我对车技没有什么自信，驾驶早濑老师的宾利车，我有些紧张。"

"他是什么时候拜托你帮他做事的？"

"是前天，他让我第二天晚上开他的车将资料送到难波电视台去。办完事之后，他让我再磨蹭一会儿，让制作人和我说说杂志的事，这也是学习的一种方式。制作人跟我说了很多，我很高兴。所以回来还车的时候已经是晚上 10 点了。"

可真是为他高兴啊。

"他拜托你做事的方式和内容与以往有什么不同？"

"嗯……虽然我不懂您问这个问题究竟是什么意图，但是和以往没有什么不同。我能帮的忙也就是平时做的那些事。"

"哎呀，是吗？你就不要谦虚了，你不是参加过热播剧的脚本创作吗？"

"我谦虚？那估计还得一千年。您说的热播剧是指《篠崎警部补》吧？早濑先生偶尔会开玩笑地问我关于推理方面有没有什么主意。不过，昨天是他第一次让我加入他和种村小姐的讨论。"

那就是说，比起让他来帮忙，昨晚这事更不符合常规，虽然我不认为这和耆田健吾的死有关系。

"是早濑先生叫你加入他们的讨论的吧？"

"是的。他说这样可以发散思维，让我启发他们一下。我很努力地把我能想到的点子都说了，应该多多少少对他们有些帮助吧。种村小姐也夸了我好几次，说我想的点子挺有趣。"

"自己出的点子被采用了确实挺令人高兴。你参加讨论是从10点一直到12点，对吧？这期间你们有休息过吗？"

"一次也没休息。因为他们两个一开始就起劲地要坚持到12点，所以我就集中精力坚持到了最后。这种事如果不认真对待的话就不可能做好。"

"就算不是休息，那么早濑先生曾因什么事离开过屋子吗？"

"没有。因为结束的时候，早濑老师说：'大家真努力呀，连卫生间都没有去。'"

"昨天晚上早濑先生有什么不对劲的地方吗？"

因为这个问题太过直白，这让竹中吓了一跳。

"我还以为你会委婉地问我，没想到这么直接。"

"是指我问问题不下功夫吗？我无意委婉地问，你打算怎么回答？"

"我并没有发现早濑老师有什么不对劲的。虽然我是他的弟子，但是我也不会包庇我的老师。"

我有一种很奇妙的感觉，总觉得有一种不协调感，而这种不协调的感觉来自火村的态度。调查死者和有矛盾的邻居之间有何瓜葛倒是可以，但是他的做法也太过执拗。火村对种村说要是早濑和案件没有关系，那么就会确认他的清白。但照目前的情况来看，似乎不是这样，反而给人一种早濑和这个案子有关系的感觉。

"12 点工作完成之后，你和早濑先生去西宫北口喝酒了是吧？这种事常有吗？"

火村继续问道。

"不，不常有。早濑老师很高兴，因为完成了一部电视剧的构思，所以他才会让我陪他喝酒的。他一定是觉得这也是一个指导我的好机会吧。因为我们边喝边谈，他给我指出了我的不足，就像是在开检讨会一样。"

"你们在那待到了几点？"

"3 点半。店铺都已经打烊了，但我们还是一直在那里喝，因为和那里的老板是熟人。早濑老师给老板道歉，说是情绪上来了待的时间就有点儿长，打扰了。之后叫了出租车，我才放心。"

我转头看看庭院，早濑伫立在草坪上，无所事事的样子。我们突然对上了视线，于是我就稍稍扬了扬手，想示意他我们这里就要结束了，但不知道有没有传达过去。

"早濑先生有没有和你聊过死去的砻田健吾？"

"早濑老师称他是一个给人添麻烦的大叔，对我发过牢骚说他感到很困扰。但是事情并没有那么严重。说把女孩儿绑架后监禁起来什么的，简直就是无稽之谈。"

"出入这栋住宅的女性多吗？"

"綷田先生好像向警方告密了吧？因为要商议工作还有采访，会有一些女性来到这里。我觉得就是这一点让邻居误会了吧。早濑老师并不讨厌女性，但没兴趣把女性拽进自己的房子里。这栋房子就这样，在这里住着会有生活的气息，这气息不想被别人破坏掉。要是想编瞎话，就应该编得更像样些。"

"还说他制造毒气——"

"早濑老师是个连化学符号都不认识的化学白痴。毒气？别笑人了。"

看来綷田的告密确实是捕风捉影的无稽之谈。光是想想有这样的邻居就觉得厌烦。

"早濑先生的工作顺利吗？"

"老师的工作安排得很紧密，一直到后年。和种村小姐的合作也没有什么问题，前途一片光明。"

"他失去的东西太多了……"

火村最后嘟哝的这句话竹中似乎并没有听到。他这样想，大概还是在怀疑早濑吧。

"谢谢你。就到这里吧。"

副教授瞟了一眼院子。不知道是不是因此让早濑觉察到谈话已经结束，他打开拉门走了进来。

"隔着玻璃，我一直在想你们在说什么呢。微风吹着我，感觉有些尴尬呀。"

如果他是凶手，就不仅仅是尴尬了。如果是我的话，估计我会焦急烦闷到晕倒。

"打扰你们这么长时间真是抱歉，感谢你们协助调查。"

表达谢意倒是没什么问题，但是火村突然语出惊人。

"接下来我们回隔壁吧，可以走近道吗？横穿这个后院就可以快点儿到了。"

他打算做跨越栅栏的那个实验吗？我惊呆了，早濑也一脸惊讶。

"这倒是可以，可是会把您的衣服弄脏的，而且还会吓到现场调查的刑警们。不过，火村老师还在怀疑我吗？是说我假装去上厕所，然后穿过院子到隔壁把人杀了吗？真是伤脑筋啊，竹中君。"

被点名的助手怅然若失，沉默不语。

"凶手有可能是通过这个院子逃跑的。如果你允许的话，我就从日光平台开始，远藤则从大门。"

"不过，火村老师——"

面对疑惑的远藤刑警，火村微微敬礼。

"你要跟来吗，有栖？"

"……叫我陪你去吗？"

走出院子之后，火村抬头看了看房子。仰头看去，仿佛要从头顶压迫下来的感觉。他低下头来，又向院子西侧望去。铝制的梯子被折叠起来，放在墙边。可能发现了什么稀奇的东西，火村朝那边走去。他仔细地看了看梯子之后，回到日光平台这里向早濑发问。

"那架梯子能够到屋顶吧？打开估计有近八米长，你用它来做什么？"

"大约两个月前用过，装修结束后对房子进行修修补补时也会使用，所以工人就把它一直堆放在那里。"

"这么气派的房子，似乎没什么要修补的。"

"我对房子的要求是要精致。"

"住在这样气派的房子里，所以才想更精心地装修吧？我因此得以参观一所舒适的住宅。"

早濑正要说什么，火村撇下他就向栅栏的方向走去。没办法，我也只好跟了上去。感觉背后有好几道视线盯着，听到门廊的门关上的声音，我松了一口气。

"我不是很清楚，不过你有什么收获吗？早濑琢马还是与本案扯上了关系吗？"

"用'扯上关系'去形容还真是粗鲁哇，说得他跟黑社会一样。"

火村又回头向早濑家望去，他一边说着"天窗是在那里……"，一边沿着栅栏朝院子里面走去。

"天窗怎么了？"

"得想想办法。我们翻过去吧。"

他悬垂在栅栏上一使劲儿便全身攀过栅栏，但是我这个运动不足的推理作家就没有那么矫健了，挣扎了一番后我终于也翻了过去。火村一脸惊讶地望着我。

"这个对你来说难度还挺大。"

"托你的福，让我时隔许久地来了一次全身运动，今晚应该能睡个好觉了。"

我不是开玩笑，也是不挖苦，我觉得作为一个朋友，他一点儿价值也没有。他注视着跨过的栅栏，是碰到了什么东西了吗？有两处油漆掉了——这是怎么回事？

"只有这里是这样的，这是梯子碰过的痕迹。"

"梯子？就是你刚刚看到过的那个吗？你怎么知道的？"

"梯子顶端那里是凹下去的，我就知道会有这样的事，所以才会提出要来攀爬一下栅栏。"

正说着，蓝色围帘被掀开一角，野上走了出来。我行了个礼，说："这里的高度挺高的，你好。"

"你们俩就像在晒太阳的野猫，在那做什么？是不是调查累了？要是这样的话。你们就先回去吧，警部那边由我去说。"

我说："我们并不是在玩儿。您的心情看上去似乎不太好哇。"

这个大个子用鼻子哼了一声，告诉我们篸田幸穗和她的情人不在现场的证据成立，而且是无可动摇的。火村一脸平静地听着。

"我们来转换一下心情吧，如果方便，野上警官也一起来吧。"他说，"坐在这里，眼中看到的世界可不一样啊。"

7

"要开始了吧？"

女人——种村美土里问道。

背景是六本木的办公大楼的窗户，里面亮着灯。夜色早早地笼罩东京。这是嗇田健吾到天国后的第二个夜晚。

"快了，请你仔细听。"

男人——火村英生在镜头前竖起了食指。

不久，就听见金属撞击出尖锐刺耳的声音。女人很惊讶。

"刚刚是什么声音？"

"你没听过同样的声音吗？"

"没有，我是第一次听到。这是什么声音？"

火村向她解释说，这是在早濑家竖着的梯子倒下后与邻居家边界上的栅栏发出撞击的声音。

"我们准备了和早濑家里一样的三连梯，故意放倒的。看来你都听得很清楚。不过，案发当天下雨打雷，情况有些不一样。雨声和雷声重合在一起，估计你很难听到这个声音吧。怎么样？我不认为一点儿也听不到。"

女人毫不犹豫地摇头。

"没有听到吗？"

"是的。"

听到这里，站在墙边的桦田警部开始嘀咕："火村老师，如果她没有听见那个声音，那是不是说明这个实验失败了？"

"不，也不能说失败。只能说在这个声音响起的时候，种村小姐并没有在电脑面前。"

听到火村的结论，她有些诧异。

"先不管这些了，您能不能先把核心内容告诉我？我想听琢马先生自己说。他还在吧？换他来和我说话。"

副教授用食指示意了一下，被叫来的男人步履蹒跚地走到火村身边。

"真的是你杀的吗？"

面对这个沉重的问题，早濑点头称是。

"我并没有打算杀他，但结果还是夺取了他的性命。"

面对他的说辞，他的搭档并没有立即接受。不是心理上无法接受，大概是道理上说不通才不接受的吧。

"这很奇怪啊，琢马先生一直都在通过电脑和我说话啊，根本没有时间去隔壁杀人。为什么要让我听梯子倒下的声音，完全摸不着头脑。"

我站在早濑的斜后方，看不清他脸上的表情。大概是一副痛苦的模样吧。

"你去屋顶打扫了吗？打扫完之后没有收好梯子，之后梯子被风吹倒，砸到了站在隔壁院子里的簪田先生的头吗？是吗？我真的不明白了。"

"这个梯子并没有那么长，只有七到九米，就算再长一点儿，也不可能会砸到站在院子里的人的头。"

"嗯，那究竟是怎么回事？"

因为早濑沉默了，所以火村就从旁边伸过头去，对着麦克风说："梯子是用来给人爬的。早濑推倒了簪田健吾的梯子。"

"是怎么推倒的？他一直都在家啊。就算是去冲咖啡也就只是——"

"不对，他谎称去冲咖啡，实际是去把梯子放回原处。如果就让梯子倒在那里的话，那竹中先生就会看到，仅仅是做这件事，他就需要七八分钟。"

"这样的话，那他是……？"

"他去拿有栖川有栖写的书的时候，种村小姐有没有离开电脑面前？"

镜头前的她回答说："没有，我一直都在。"

"那么就是他去卫生间的时候，你离开过吧？"

"……应该是这样。您还真是清楚哇。"

"这是我推测的。三楼没有卫生间。男性如果是小便的话，大概两分钟左右就能回来。你就是利用这两三分钟的时间去吸烟了吧？哈哈，看来我猜对了。我就知道是这样。"

"琢马先生在下去冲咖啡的时候，我急忙到屋外抽了一支烟。"

她的声音柔和下来，眼神也开始变得缥缈，大概是在脑海里回忆当天晚上的事吧。

"就是这样。本应一直在电脑面前的你却在关键时刻离开电脑。所以你才没有听见梯子倒下的声音，甚至是睿田先生发出的惨叫。早濑先生匆忙把梯子放回原处时发出的金属碰撞声你也没有听到。"

"也许……是这样吧。"

"是这样吧，早濑先生？"

镜头前的男人低下头，回答了一个"是"之后就再也不说什么了。

种村美土里转向火村继续问道："可是老师，睿田先生爬梯子做什么？他在别人的院子里做这种事就是非法侵入。"

"早濑家的后院里有一个三连梯，大约是两个月前放在那里的，这件事睿田大概是知道的。他想趁早濑出门的时候利用那个梯子进入早濑的家。当然，这是非法侵入行为，但是他并不是为了来偷东西，而是为了解救出囚禁在这栋房子里的女性，所以才会冒这个险。"

种村歪了歪嘴。

"真是愚蠢，琢马先生才没有做这样的事呢！"

"嗯，是吧。但是綣田先生却坚信早濑做了这种事。他陷入了妄想，希望能够救出可怜的女子，并把早濑琢马这个变态的罪犯通报给警方，这就是他爬上梯子的原因。遗体身上的雨衣口袋里，警方找到了手套和扳手，这都是为打破天窗做准备的。"

"为什么是天窗呢？爬一架八米长的梯子是很危险的。而且当晚还下着大雨，他又是一个人……"

"是的，确实很危险。但是对他来说，对早濑的敌意早就超过了恐惧的心理。因为是试图从天窗进入，所以就成了冒险。如果仅仅是敲坏一楼的门廊和窗户的话，倒是很简单，可是这样一来就会触动报警系统。綣田和早濑签的是同一家保安公司，所以他知道，只能从天窗侵入。"

"然后，琢马先生注意到綣田爬上了梯子？"

"因为我当时并不在场，所以无法判定。他是听到了什么奇怪的声音后假装去卫生间，还是从卫生间回来途中发现有人要潜入自己家里来。不管怎么样，他采取的都是过激行为。他将梯子上的人和梯子一起推倒了。你之前的证言说他回到电脑面前的时候衣服并没有湿。他应该不是伸手去推的，而是将走廊上的灭火器扔出去砸倒梯子的。"

梯子被砸中之后，慢慢地倾斜，像是巨人挥动手臂一样朝后院倒下去，而抓住它顶端的可怜男子——綣田健吾也一起倒了下去。

"綣田当时因为离心力被甩出去了，或者是即将撞到栅栏时他抱着必死的决心跳到了自家的院子里。无论是哪种情况，总之他都被这个七八米的梯子甩得很远。因为并不是从八米高的地方垂直降落的，所以会因为降落地点的变化只受到轻度跌伤，但是他运气不好，他的头直接砸到了花岗岩的天使像上——这就是他临终时的样子。即使是将碎片时间加起来也不够从这里往返到邻居家。所以早濑先生并没有使用什么诡计，是死者自己瞬间移动改变了时间。"

这就是在雷雨中的院子里发生的事呀！这让我联想起了《大悲珍藏集》《震惊！世界各地突发事件》里面的视频。

早濑说起了什么。

"因为我把车借给了竹中，宾利被开出去了，簪田就以为我不在家。所以他认为这是闯进我家里的最好机会。"

"有可能。"火村说，"而且他妻子又正好因同学聚会不在家，他觉得再没有比这更好的机会了，所以即使雷雨大作，他也要实施自己的行动。"

真相大白之后，就能理解为什么早濑要叫助手来加入自己和种村的研讨，之后还特意带他去熟人的店里喝酒了。这是为了证明自己在案发当晚并没有接近过隔壁家的院子，于是他就需要有一个人在自己的身边。

种村美土里突然敲击了一下桌子。

"如果这是真的话，应该属于正当防卫吧？如果是我一个人在家，在夜里有人通过梯子进入我家的话，我也会冲出去的。真是太恐怖了！但是，重要的是在这之后，我会叫救护车和警察的，为了不让对方死去。就算是没有救回来，作为一个人也不应该放手不管。为什么琢马先生能若无其事地返回电脑面前呢？为什么还能继续思考《筱崎警部补》的剧本呢？为什么在工作结束后还能去喝酒呢？真是无法理解。"

早濑并没有回答，火村微微叹息。

"关于这一点，只能请早濑先生自己来回答了。只是不知道他本人能不能解释了。这个案子不是正当防卫，而是防卫过度，恐怕会被追究过失。以前他们就有过矛盾，也许那时候就萌生了杀意，或者是临时起了杀意，所以才推倒梯子的。无论如何，早濑先生失去的都太多了。早濑先生认为现在已经无力回天，而且对方也有重大的过失，只要自己不说，谁也不知道。这样的想法在不断地交错，所以才会采取这样的举动——你有什么想说的吗？"

早濑摇摇头。我倒有别的想法。或许是早濑对䙾田幸穗抱有好感。所以为避免她成为杀死自己丈夫的元凶，就主动当了替罪羊。但是这个想法没有依据，我就没有说出来。

"琢马先生的演技可真是太精彩了，我很失望。而且这么快就被揭穿了，我很惊讶。我说，火村老师，你为什么会怀疑他？如果不是机密的话，可以说来听听吗？"

"与䙾田健吾有关系的人除了他的妻子，其次就是早濑先生。所以我自然会特别注意。"

她并没有接受这个说法。

"我觉得不仅仅如此，其他的原因呢？"

"类似直觉一样的东西。"他冷冷地说，"刚见面的时候，问调查人员有没有找到凶器的瞬间，我就被那种强烈的感觉袭击了。不过很少有人会这么问啊，大家都比较在意谁是凶手。"

"仅仅是因为这一点……"

她一脸不甘。

"我不要一个人。要继续写《筱崎警部补》的话，我还需要找新的搭档。我找到了替补的人，但是该选有栖川有栖先生呢，还是火村老师？我很迷茫。"

"请宽恕我。"早濑说。

"你该道歉的不是我！"

大喝一声之后，她哽咽了。

后　记

本书是火村英生侦探系列的中短篇小说集。从上百页的中篇到几页的短篇，篇幅长度不一。

至于内容，虽然谈不上是百花齐放，但是作为作者，我已经换着花样写了很多故事。如果能让读者朋友快乐地阅读我的作品，我将不胜欣喜。

由于我的作品都没有注释，下面我就写一些闲谈、幕后的故事，把它当成后记。这并不是走形式，但是如果跳过作品先读后记的话，大多数人可能会不知道我在说什么吧。

正如初版一览显示的那样，本书收录的作品发表于2002年至2008年之间。其间，2007年4月学校教育法改革，"助教授"这一职位被废除，改成了"副教授"。因此，我也将"火村助教授"

改成了"火村副教授",只在一本书里改变称呼是一件很麻烦的事,于是我就把火村的头衔全部统一成了副教授。

在我的小说里,既有年月日都标清楚的情况,也有只标了月份和具体几号的情况。

《长长的影子》是前一种情况,因为某些特殊原因(如果您读了作品一定能立即领会),不得不写上公历里的年月日。但是,如果把杂志上登载的内容直接拿出来出版的话,火村就还是助教授。出中短篇集初版信息填写的时候,时间也推后了三年。不过没什么大不了的,这种事在后台也是常有的。如果小说里的年代设定是在 2010 年以后,那有些地方就得改。

在《鹦鹉学舌》《真假情侣装》《杀意和善意的对决》《煞风景的房间》是为手机收费网站写的作品。是一个叫"绫辻行人 × 有栖川有栖 J—推理俱乐部"的网站,从 2002 年 4 月一直持续到 2006 年 8 月。在这个网站上,我写了五篇比较散的小说,其中有四篇收录在本书中(有一篇叫《推理合成》的短篇被收录到短篇集《摩洛哥水晶之谜》里)。因此,这几篇作品是首次被出版。此外,我在该网站写的散文被收录在散文集《试着掉到镜子的另一边》里。

好歹也是我花工夫努力写成的本格推理的超短篇小说。在《鹦鹉学舌》(初版的时候书名并不是汉字,而是假名)这篇作品中,火村成为道出真相的人,这样做也单纯是为了缩短小说的篇幅。我在《真假情侣装》中的疏漏也是妻子常常念叨我的地方。《杀意和善意的对决》的灵感来源也是我的亲身经历。我也曾在同一栋公寓楼里重新购置过公寓。我想在作品中写与"善意"相反的东西，果然还是有些自负了。《煞风景的房间》最初预想写十几页的内容，结果经过三次连载，内容有三十几页之多。

火村没有出现在犯罪现场，而是通过电话这一点也是为了缩短篇幅……感觉尽是在说这样的事。

在《四凤山庄杀人事件》的结尾，作品中的某个人物做了一件事。其实，作为作者，我在写那个部分的时候也一边自言自语，一边考虑该这样写还是该那样写。旁人看来应该很可笑吧。曾有人问过我，做那样的设定，你不觉得害臊吗？虽然也不完全是这样，但是这并不是为了压制住噱头的成分而特意设置的作品外沿。这种糟糕的写法反而给读者一种感受：大侦探根本没有解决案子，我们看破的是作者特意准备好的答案。不知道有没有给读者产生这样的想法，不过却被日本推理作家协会编撰的文选《大侦探的奇迹》所采用。

《献给火村英生的犯罪》虽然应该按照小说的内容去取名字，但是由于短篇名太华丽，所以就做了书名。将侦探的名字写进书名里的情况在推理小说中并不少见，但在我的作品里却是首次出现。这让我产生了一种自豪感，终于成了一个大推理作家。

在《雷雨庭院》里登场的是组合人物，并没有原型（其他的角色也是这样）。种村美土里很担心自己的创意会不会和有栖川有栖的作品内容相撞，但是，并没有一模一样的例子，而且，这世上创意相似的推理小说原本就有很多。（本书中就有一个例子……）先不管这个想法有没有趣，其实是完全没问题的吧。从这种程度的研讨来看，推理剧就是轻微的本格推理小说。

感谢各位读者朋友不仅读完我写的火村和有栖川的侦探小说，顺带还读完了我的闲谈。

借此机会，我想感谢一下对我关照有加的各位——

感谢一直以来将劣作包装得美轮美奂的大路浩实先生。

感谢《OL 读物》的历代负责人、荒侲胜利先生、石井一成先生。

《J—推理俱乐部》担任主编的白峰良介先生。

以及不辞辛劳将作品单行本化的加藤遥香先生。

我衷心表示感谢。

文库版的后记

前页的后记里有写到，将《献给火村英生的犯罪》作为标题太过华丽。但是，仅仅是这么说是不清晰的。对于这个标题，我的印象不仅仅是华丽。

读了本书单行本的读者告诉我，他还以为火村是和一个多么凶残的凶手对阵，结果却不是这样。我听了之后觉得有些惊讶，原来行不通啊。这样的情况也是之前标题就暗示这部作品里并没有凶残的凶手的存在。

初次听到《献给××的犯罪》的时候，首先我脑袋里浮现的是欧·亨利的短篇集《献给妈妈的犯罪》和《献给妻子和丈夫的犯罪》，或者是土屋隆夫的悬疑长篇《献给妻子的犯罪》。这个模式还有别的例子。但都不是中规中矩的本格推理小说，而是比较舒畅流利的作品。（《献给火村英生的犯罪》是本格推理小说。）

所以，我也朝着这个方向思考了一下。冠上名侦探全名的《献给××的犯罪》的话，我并没有预想到会有别的效果。

在这里写这些话我也知道来不及了，听起来就像是在找借口。我想请各位读者就把这个当成一个小小的笑话吧。

还有一点想在后记里说一下，《雷雨庭院》被收录进了本格作家推理俱乐部编撰的文选《本格推理09》里面。

感谢文库化单行本的装帧设计人员大路浩实先生、加藤遥香编辑一直以来的关照。谢谢你们。

有栖川有栖・火村英生系列

火村英生に捧げる犯罪

图字：01-2017-3353

图书在版编目（CIP）数据

献给火村英生的犯罪 /（日）有栖川有栖著；李翔
华译. — 北京：现代出版社，2022.5
ISBN 978-7-5143-9308-8

Ⅰ.①献… Ⅱ.①有…②李… Ⅲ.①推理小说—小
说集—日本—现代 Ⅳ.①I313.45

中国版本图书馆CIP数据核字（2021）第260795号

HIMURA HIDEO NI SASAGERU HANZAI by ARISUGAWA Alice
Copyright © 2008 ARISUGAWA Alice
All rights reserved.
Original Japanese edition published by Bungeishunju Ltd., in 2008.
Chinese (in simplified character only) translation rights in PRC reserved by Modern
Press Co., Ltd., under the license granted by ARISUGAWA Alice, Japan arranged with
Bungeishunju Ltd., Japan through CREEK & RIVER Co., Ltd., Japan and CREEK &
RIVER SHANGHAI Co. Ltd., PRC.

献给火村英生的犯罪

作　　者	［日］有栖川有栖	
译　　者	李翔华	
责任编辑	毕椿岚	
出版发行	现代出版社	
通信地址	北京市安定门外安华里504号	
邮政编码	100011	
电　　话	010-64267325　64245264（传真）	
网　　址	www.1980xd.com	
印　　刷	三河市宏盛印务有限公司	
开　　本	880mm×1230mm　1/32	
印　　张	9	
字　　数	185千字	
版　　次	2022年5月第1版　2022年5月第1次印刷	
书　　号	ISBN 978-7-5143-9308-8	
定　　价	48.00元	

寻找唯一的真相